I0677775

Irene Pietsch

DoKa

Mandamos Verlag

© 2016 Irene Pietsch

Illustration: Irene Pietsch:
Umschlag Vorderseite: „Nachspielzeit"
         Rückseite: „Erinnerungsknoten"
         Seite 95:   „Bajazzo"

Verlag: Mandamos Verlag UG (haftungsbeschränkt),
Alte Rabenstraße 6, 20148 Hamburg

Herstellung und Auslieferung:
tredition GmbH, Grindelallee 188, 20144 Hamburg

ISBN

Paperback   978-3-946267-03-4

Hardcover   978-3-946267-04-1

e-Book   978-3-946267-05-8

Printed in Germany

Das Werk, einschließlich seiner Teile, ist urheberrechtlich geschützt. Jede Verwertung ist ohne Zustimmung des Verlages und des Autors unzulässig. Dies gilt insbesondere für die elektronische oder sonstige Vervielfältigung, Übersetzung, Verbreitung und öffentliche Zugänglichmachung.

Inhalt

Ein persönliches Wort

Modest P. Mussorgsky lebte in der stürmisch bewegten Zeit des schmerzhaften Übergangs von starrer Tradition zur Moderne. Sowohl Musiker als auch Künstler vollzogen sie durch neue Ausdrucksformen auf Grundlage russischer Traditionen nach.

Bei den Musikern war es das „mächtige Häuflein", bei den Künstlern eine Genossenschaft, die Wanderausstellungen als Brücke zwischen Stadt und Land organisierte. Not und Erfindungsreichtum fanden zusammen.

Die Belebung des Verkaufs von Kunstwerken wurde Programm. Die ersten, wichtigen Schritte zu einem modernen Kulturmanagement waren gemacht, für dessen erfolgreiche Umsetzung insbesondere Iwan Kramskoj in die Verantwortung genommen wurde.

Wegen seiner bis dahin einzigartigen Marketing- und Verkaufsstrategie wurde Kramskoj „DoKa" genannt, was auch so viel heißt wie derjenige, der alles weiß oder auch „Experte".

Die situativ bedingte Selbsthilfe der russischen Künstler machte Schule.

Mein Buch hat den historischen „DoKa" zum Vorbild und erzählt von einem Beispiel, das wie ein Märchen beginnt und über die realitätsbezogene Gegenwart hinaus weit in eine denkbare Zukunft hineinspielt. Es sind zu einer Novelle zusammengefügte Erinnerungen an meine Bekanntschaften mit renommierten Künstlern und Musikern sowie einigen Persönlichkeiten der Ersten Stunde des Studienlehrgangs Kulturmanagement an der Hochschule für Musik und Theater in Hamburg.

Ich würde mich freuen, wenn Sie beim Lesen animiert werden, dem beschriebenen Weg besondere Aufmerksamkeit zu schenken.

Irene Pietsch

DoKa

Der Berufene

Vor dem Konzert

1

7.00 Uhr morgens MEZ. Amtliche Sommerzeit. Ohne sich im Rahmen der diplomatischen Gepflogenheiten mehr als nötig verbiegen zu müssen, gibt man sich flexibel im Umgang mit den Jahreszeiten. Greenwich ist nach wie vor Maßstab. Wo man ihn allerdings ansetzt, ist das Problem des Protokolls als Oberinstanz weltweiten Zeitmanagements.

7.00 Uhr morgens MEZ. Amtliche Sommerzeit. Knapp vor Beginn der Normalzeit ist es dunkel, eine gefühlte Dunkelheit zu viel, um noch Sommer zu sein, wenn es noch nicht Winter sein kann. Wer es sich leisten kann, hält das aus, umklammert die Normalzeit mit Normaluhr und hört mit spitzen Ohren hinein. Damals tickten wir wie sie. Keiner tickte richtiger, meinten wir. Und jetzt? Jetzt sitzen wir mit Ach und Krach dazwischen.

7.00 Uhr morgens MEZ, obwohl amtliche Sommerzeit, weder Sommer noch Winter und erst recht nicht normal. Wer kann, schafft Regeln dagegen, baut ein Gerüst.

Um 7.00 Uhr morgens MEZ Sommerzeit ist die Ambulanz von Dr. Benjamin Kassenlos, respektvoll „DoKa" genannt und Landarzt aus Leidenschaft, für Notfälle in der Alten Meierei geöffnet, die seit ihrer Fremdnutzung durch den ärztlichen Betrieb mehrere Umbauten erlebt hat.

Geblieben ist der Grundriss, ein rechteckiger, anderthalbgeschossiger Langbau, der über das gesamte Erdgeschoss für die Praxis genutzt wird.

Zwecks und behufs besserer Erreichbarkeit, ist die breite Tür, die sich in der Mitte der zum Hof hin gelegenen Längsseite unter der Spitzgiebelgaube befindet, geschlossen worden. Sie blieb jedoch aus Denkmalschutz Gründen von Amts wegen rein äußerlich in Form und Farbe erhalten. Die Gesamtoptik des Anwesens hat davon profitiert, eine Zielsetzung, für die keine Mühe gescheut wurde und der sogar die Katzentür geopfert wurde.

Die Erträge des Gartens werden nach dem allgemeinen Abernten in der Spätreifezeit an Patienten verteilt, die Bedarf haben, weswegen sich viele schon Wochen vorher einen Termin bei DoKa geben lassen, um ja rechtzeitig vor Ort zu sein.

Der weit größere Teil der Ernte wird in hoch technisierten, mit Temperaturreglern in speziell programmierten Bevorratungsmöglichkeiten für Gemüse wie Obstsorten, welcher Verarbeitungsform auch immer, eingeschichtet. Das alles neben Kartoffel- und Rübenmieten, die aus Pietät nicht abgebaut werden, sowie etwas entfernter installierten Altpapier- und Leergutcontainern, die genau das beherbergen, was für sie vorgesehen ist.

Eine weitere nostalgische Besonderheit ist ein Regal, auf dem die besonders schmackhaften Äpfel desjenigen Baums akribisch nach Güte und Sorte auf Stroh ausgelegt sind, den DoKa zur Geburt seines jüngsten Sohnes gepflanzt hat und die er sich vorbehalten hat, in regelmäßigen Abständen eigenhändig zum Lüften zu wenden, wenn er es nicht vergisst. Das zu verhindern, ist die Aufgabe von Schwester Nelli.

Außerdem gibt es in dem großen Keller der Alten Meierei ein gut gerüstetes Ersatzteillager für alles, was gebraucht werden könnte, um Schneepflug und Rasenmäher, Schubkarren und andere Geräte nach technischem Totalausfall wieder gangbar machen zu können. Die dabei auf Höchstleistung getrimmten Maschinen, sind nach den Rundumreparaturen nicht selten zu Multifunktionen fähig, die patentfähig sind oder werden könnten.

Um 7.00 Uhr MEZ. Sommerzeit. Amtlich. Der Praxisbetrieb hat seine Arbeit aufgenommen. Einer von sechs regulären Parkplätzen im Bereich „Personal und Lieferwagen" ist besetzt.

Des Weiteren gibt es einen Platz für Dr. Kassenlos, der offenbar noch erwartet wird und vier für „Patienten und Besucher", die heute ausnahmsweise leer bleiben.

Wer an anderen Tagen trotz aller Bemühungen keinen Parkplatz findet, kommt zur falschen Zeit. Das ist DoKas feste Überzeugung. Er weigert sich, mehr Fläche des Grundstücks für den Bau von Parkplätzen zur Verfügung zu stellen und meint, auf Linderung des Problems durch das Regulativ von Verhaltensweisen der Patienten mit- und untereinander vertrauen zu können. Das ist allerdings nur so lange eine wirksame Methode, die einigermaßen funktioniert, wie sie den Frieden im Wartezimmer nicht bedroht.

Die Alternative für alle Fälle sind Fahrräder. Für sie ist ein passables Angebot an Ständern aufgestellt, die sich normalerweise großen Zuspruchs erfreuen. Heute sind auch sie unbenutzt.

Der erste Stock der Alten Meierei ist vom allgemeinen Praxisbetrieb ausgenommen. Dort logierten Auszubildende. Inzwischen hat das Jungvolk eine andere Möglichkeit für sich entdeckt, um sich der Obhut des Lehrherrn zu entziehen: Fahrgemeinschaften.

Die Nutzung der Räume weckte Begehrlichkeiten und war umstritten, was Stillstand bedeutete. Immer wieder wurden DoKa neue oder alte neu überarbeitete Pläne auf der Basis der neuen vorgelegt, von denen man nach bestem Wissen und Gewissen meinte, dass sie zustimmungsreif sind und dennoch meistens keine ungeteilte Gnade vor DoKas Augen fanden. Er selber neigt zu konservativ progressivem Handeln.

Nach reiflich überdachten Bedenken gab er seine Zustimmung, in den Räumen über der Praxis zu Ostern und Weihnachten kleine Märkte stattfinden zu lassen, die von Patienten mit Selbstgebasteltem und allerlei Handarbeiten bestückt werden.

Ein gastronomischer Teil war zwar auch im Konzept vorgesehen, sollte aber bescheiden bleiben, hatte DoKa zur Auflage gemacht, der die engagierten Aktiven seines Patientenkreises brav zustimmten.

Die Initiative fruchtete und florierte. Zum Gebäck kam Herzhaftes, zu den Säften Liköre. Irgendwann schlugen die Wellen der guten Umsatzlaune so hoch, dass zusätzlich musiziert und sogar bis zum Morgengrauen getanzt wurde, was DoKa veranlasste, ein Schild am Eingang zum Hof aufzustellen, auf dem darum gebeten wurde, hinter dem Haus zu musizieren.

Dem wurde mit so wenig Begeisterung Folge geleistet, dass seitdem Akkordeon und Gitarre im Kofferraum auf ihren Einsatz nach dem offiziellen Begrüßungsteil durch DoKa warten, den er nach strengem Ritual absolviert.

Einladungen zur Teilnahme an der Veranstaltung lehnt er freundlich mit dem

Hinweis ab, er werde sie von Ferne mit Wohlwollen begleiten, was nichts anderes heißt, als dass er sich in den Country Club im Alten Herrenhaus gegenüber der Alten Meierei zurück zieht. Von dort aus kann er die Tür zur Praxis in der Alten Meierei im Blick behalten.

Hinter der Tür eröffnet sich ein leicht eingeengter, dennoch freier Blick auf eine Schneise zwischen Stuhlreihen rechts und links der Wände, wo normalerweise Patienten Spalier sitzen. Von einem Zentraltisch am Ende der linken Reihe aus altem Verandamöbelbestand können sie sich mit Anschauungsmaterial versorgen oder einfach die Galerie der Konterfeis von Hähnen in Prachtgefieder betrachten.

Kurz nach 7.00 Uhr morgens. Immer noch Sommerzeit. MEZ. Amtlich. Die hellen Hochsommernächte sind vorbei. Die Morgen sind träge. Schon hilft man sich mit energiesparendem Kunstlicht.

Schwester Nelli in Alltagsuniform agiert

mit trainierter Konzentration abwechselnd am Computer und in der Neuordnung des handschriftlichen Terminkalenders. Auf diese Weise gestaltet sie den Beginn des Arbeitstages überaus effizient.

Unterstützt wird sie dabei von einem Pott Kaffee. Schwarz. Das muss sein. Gerade morgens, wenn sie allein mit sich und der Arbeit ist.

Die Koordination von Kopfarbeit und Handgriffen nimmt Schwester Nelli derart stark in Anspruch, dass Bauer Gose, der sich nicht gerade geräuschlos an die Rezeption hievt, allem Anschein nach von ihr unbemerkt bleibt.

„Moin, Schwester."

Schwester Nellis Augen wandern etwas angestrengt direkt von der grellen Helligkeit des Bildschirms weg auf Bauer Gose im Dämmerlicht zu und dann an ihm vorbei, bis sie bei seiner Hand auf der Ablagefläche der Rezeption Halt finden, die an ihre Pflicht appelliert, die dort für spätere Einordnung ausgelegten Schriftstücke vor Bauer Goses Zugriff zu retten.

„Guten Morgen, Herr Gose. Schon so früh auf den Beinen?" Wie haben Sie denn das geschafft?"

„Mit Poganz' Trecker."

„So, so – mit Poganz' Trecker. Ist er wieder auf der Chaussee Patrouille gefahren – Poganz' Trecker?"

„Nö, wir hatten uns verabredet und dann war er da."

„So, so - sind Sie überhaupt angemeldet?"

„Muss ich nicht, bin ich aber."

„Zu um wieviel Uhr?"

„Der Doktor sagt immer, er geht mit der Zeit.

„Das tue ich auch."

„Der Doktor sagt, ich kann kommen, wann ich will."

„So, so – na denn. Wenn der Doktor einigermaßen im Plan ist, wird er wohl bald kommen. Jetzt ist er jedenfalls noch nicht da."

„Das glaube ich nicht."

Schwester Nelli macht Anstalten, etwas ungeduldig zu werden. Sie streicht mit gespreizten Fingern durch die dünne Decke von reifen Bucheckern und einer Ansammlung von formschönen Kastanien unter dem ausgestopften bunten Huhn links auf der Ablagefläche der Rezeption, eine Hommage an die Glücksbringer der Alten Meierei aus vergangenen Zeiten.

Bauer Gose nimmt die Hand von der Ablagefläche und hakt nach: „ Der Doktor is nicht da?"

„So ist es." Schwester Nelli ist gerade dabei, eine pädagogisch verträgliche Strategie zur Eindämmung von Übergriffen durch Patienten zu entwickeln, die sich der Praxisräume in eigenwilliger Weise bemächtigen.

Ein kompletter Umzugskarton randvoll mit Bastelzubehör steht inzwischen in der Ecke neben der Garderobe, die eigentlich überflüssig geworden ist, seit DoKa selber dafür gesorgt hat, dass per Aushang drinnen an der Eingangstür auf alarmierendem Rot auf die Eigenverantwortung dafür aufmerksam gemacht wird.

Seitdem nehmen die Patienten Mäntel, Jacken und Mützen mit ins Sprechzimmer und vergessen sie in den Untersuchungskabinen, so dass Schwester Nelli ganz nebenbei noch ein Fundbüro unterhält, aus dem kaum etwas abgefordert wird, am wenigsten Schirme.

„Bauer Gose – ob der einen will?" Schwester Nelli lächelt den Bauer freundlich an.

„Brauchen Sie zufällig einen Schirm? Es hat geregnet."

Bauer Gose braucht keinen Schirm. Er ist mit Poganz' Trecker gekommen, mit Poganz' Trecker wird er wieder dahin zurückfahren, wo er hergekommen ist. Poganz' Trecker hat ein Verdeck.

„Wo ich mich so beeilt habe", stellt er stattdessen klar. „Der Doktor hat gesagt, ich soll mich nüchtern vorstellen."

„Ich denke, den Wunsch können Sie ihm auch noch in einer Stunde erfüllen. Er fährt heute über Land. Sicht- und Sehkontrolle bei Wildwechsel zur Brunftzeit ist fällig."

„Oha."

Bauer Gose hat Schwester Nellis Reflektionszeit genutzt und sich an den Bucheckern gütlich getan. Er betrachtet den Fingernagel seines rechten Daumens, unter dem etwas Blut hervorquillt.

„Lassen Sie mal sehen."

„Nö, geht schon." Der Bauer steckt die Hand in die Hosentasche.

„Ich könnte…"

„Nö."

„Gut, dann versuche ich mal den Doktor zu erreichen."

„Nicht wegen mir!"

„Doch nicht wegen einer Buchecker unter Ihrem Daumennagel! Ich will mal hören, auf welcher Höhe er gerade ist."

Sie wendet sich von Bauer Gose ab, um zu demonstrieren, dass es kein Gespräch zum Mithören ist. „‚Wo Aberglaube und Glaube wie Scholle und Krume zusammengehören', wird er sagen. Das muss Gose nun wirklich nicht mitbekommen."

„Hallo? Guten Morgen Doktor. Bauer Gose steht hier vor mir und behauptet, er sei bestellt. Sollte nüchtern kommen."

DoKa antwortet, aber die Verständigung ist mangelhaft. Schwester Nelli hilft nach. „Hallo? Ich kann Sie nicht verstehen…" Er parkt seinen Wagen am Straßenrand. Das wirkt Wunder.

„Schwester Nelli, hören Sie mich?"

Schwester Nelli hört gut und versteht gleich darauf besser.

„Ich bin da, wo Glaube und Aberglaube wie Scholle und Krume zusammengehören. Sie sagten soeben, dass Bauer Gose vor Ihnen steht. Ist das so?"

„So ist es."

„Dann ist er wohl nüchtern."

„Zumindest wird er es sein – wenn Sie sich nicht zu sehr beeilen."

„Sie können schon mal anfangen. Ich bin in etwa zehn Minuten da." DoKa beendet das Gespräch und startet das Auto neu, um gleich darauf wieder in Parkposition zu gehen. „Da war doch noch was – ah ja, Nelli darf Gose auf keinen Fall…"

Er wählt die Praxisnummer. Das Freizeichen meldet sich. Keine Warteschleifen-Melodiemätzchen. DoKa legt Wert auf Sachlichkeit. Er bekennt sich dazu und beendet den Versuch auch nicht, als der Anrufbeantworter die genauen

Sprechzeiten ansagt. Vielmehr verfolgt er die Hinweise aufmerksam, ob sie so stimmen und wählt erst dann noch einmal.

Schwester Nelli ist dabei, Bauer Gose zu wecken, der es sich auf dem ersten Stuhl am Eingang so bequem wie möglich gemacht hat.

„Herr Gooose!"

„Was is?"

„Der Doktor ist in ungefähr einer halben Stunde hier. Wir beiden können schon anfangen."

„Ich will aber zum Doktor."

„Danach. Ich bereite alles vor."

„Sie können nicht alles vorbereiten."

„Wieso? Haben Sie keine Versicherungskarte?"

„Das sage ich Ihnen nicht. Das sage ich nur dem Doktor. Der muss hier vorbei. Genau hier. Deshalb stehe ich jetzt auch nicht auf."

„Herr Gose, nun seien Sie doch vernünftig."

So, wie Bauer Gose sich in aufrechter Trotzhaltung gegen Schwester Nellis Vernunftsforderung stellt, bedarf es einer starken Unterstützung. Die kommt per Telefon, dessen Klingeln Schwester Nelli jetzt bemerkt.

„Doktor?"

„Nelli, hören Sie?"

Schwester Nelli weiß, immer wenn der DoKa sie „Nelli" nennt, ist Widerspruch sinnlos. Sein Autoritätsanspruch ist unüberhörbar.

Schwester Nelli nennt die latente Gereiztheit in DoKas Stimme insgeheim und nur für sich die „Römisches Recht ist, wenn es nur einen Papst gibt-Stimmung".

„Ich höre."

„Ich habe vergessen zu sagen, dass der Bauer keine Versicherungskarte hat."

„Sie sagen es. Er hat keine Versicherungskarte. Was soll ich mit ihm machen?"

„Gar nichts."

„Ich denke, ich soll." Schwester Nelli hat sich angewöhnt, in Situationen von grundsätzlicher Anwendung verkündeter und beschlossener Regularien nur noch in Ansätzen zu reden, um sich eine Option für Fehlinterpretationen zu lassen.

„Das versteht sich wohl von selbst."

DoKa gibt Schwester Nelli ein paar konkrete Anweisungen. Es wimmelt von Positionen. Bauer Gose auf dem Millimeterpapier. Die Umsetzung obliegt ihr und bringt sie in einige Verlegenheit, denn Bauer Gose hat sich inzwischen auf der Sitzgelegenheit derart gut eingerichtet, dass er fester schläft denn zuvor.

2

Als wahrer Kronos-Jünger weiß DoKa um den Wert der Zeit. Er nimmt sie sich, wenn sie ihn aufbaut. Dementsprechend steigt er auf der Rückfahrt hier und da aus, um die Schönheit der Landschaft zu genießen, die noch einmal tief durchzuatmen scheint, bevor sie bis zum ersehnten Erwachen in langen Winterschlaf fällt.

DoKa ist sich gewiss, dass Bauer Gose ihn aus einer Sammlung von wichtigen Gründen sprechen will. Alle paar Monate ist es soweit, dass er sich dazu Poganz' Trecker bedient, der ihn fast bis vor die Praxistür kutschiert.

Wann das ist und wie lange die Treckerfahrt dauert, kann Bauer Gose nie vorher sagen, weswegen die Vergabe eines Termins zu hohe Ansprüche an Bauer Gose wie auch an Poganz' Trecker stellt, was dem Gespräch nur abträglich ist.

Das weiß DoKa aus Erfahrung, weswegen er sich ebenfalls Zeit nimmt.

Gose hat Verständnis dafür. Gose wird auf seine ganz persönliche Sprechstunde bei DoKa warten. Eine körpernahe Untersuchung, auch nur mit konservativen Hilfsmitteln, kommt für Bauer Gose jedoch sowieso nicht in Frage. Da ist er geradezu keusch.

DoKa lächelt in sich hinein. Was hat er schon alles versucht, um Bauer Gose zu überzeugen, dass ihm nichts passiert! Es hat nichts genützt. Jeder Versuch endete bisher in einem Vergleich. Bauer Gose bleibt in seiner praktischen Reisekleidung für Treckerfahrten, ist aber bereit, sich den Puls fühlen zu lassen und den Mund zu öffnen.

Alles andere fragt DoKa aus ihm heraus, was Bauer Goses praktisches Zeug hält. Das muss reichen, um gegebenenfalls eine Arznei zu verordnen, deren Einnahme der Bauer aber nur dann zustimmt, wenn er eigene Fragen dazu von DoKa so beantwortet bekommt, dass er die Notwendigkeit und Wirkung des Heilmittels versteht, um daraufhin mit dem wahren Grund seines Besuches herauszurücken.

Er will von DoKa hören, dass die Kräutermedizin, die er bereits angewendet hat, genauso wirksam ist, wie er es von Mutter, Großmutter und Urgroßmutter Gose durch mündliche Überlieferung zugesagt bekommen hat. Aktuell: Senfplaster bei Kopf- und Gliederschmerzen.

Bauer Gose hat gehört, dass Senf mehr Wirkung zugesprochen wird, als ihm lieb ist. Das muss geklärt werden! Trotz des unübersehbaren Durcheinanders in der Praxis, wovon er keine Kenntnis nimmt und sich auch nicht wundert, dass er der einzige Patient ist, dem Schwester Nelli sich in gebotener Eile widmet. Es gibt anderes zu tun.

Ausschließlich sie weiß, wo was wie tatkräftig zu stellen und zu ordnen ist. Gegen Flaute im Energiehaushalt hat sie, wie schon vor Wochen angekündigt,

Kartoffelsalat und Frikadellen mitgebracht.

Nur er weiß, wo was wie zu stellen und zu ordnen ist, meint DoKa, weswegen er auf der Rückfahrt Gefallen an der Vorstellung findet, dass Bauer Gose mit an Sicherheit grenzender Wahrscheinlichkeit den Zettel an der Tür geflissentlich übersehen wird, und erhebt Kartoffelsalat und Frikadellen in den Rang einer ergotherapeutischen Mahlzeit, die er mit Bauer Gose zu teilen gedenkt.

Während der einleitenden Therapiemaßnahme kann Bauer Gose entspannt von sich und seiner Kräutersaga erzählen. Er selber hält einen eigenen Beitrag seit dem letzten Meinungsaustausch mit Bauer Gose auf Basis des vorangegangenen und unter Berücksichtigung zukünftiger bereit. Senf ist nicht dabei.

Während des naturkundlichen Fachseminars DoKa-Gose will DoKa Schwester Nelli Gelegenheit bieten, die Vorarbeiten für das physisch reale Rücken der

Möbel umzusetzen, was es ihm erleichtern wird, sie zu gegebener Zeit nach seinen Vorstellungen umzustellen und umzuordnen.

Schwester Nelli ahnt DoKas Pläne und hat ihrerseits ein Ablenkungsmanöver ausgetüftelt, bei dem Bauer Gose ebenfalls eine nicht unbedeutende Rolle spielen könnte.

Für DoKa selber hat sie außerdem einen echten Leckerbissen als Köder, um den Umzug ohne Störung nach ihrem Geschmack zu gestalten: sie hat ganz hinten in einem alten Aktenschrank einen Umschlag gefunden, der sehr privat aussieht. Die Ränder sind etwas vergilbt, was aus der Zeit stammt, als in der Praxis noch mit Hingabe geraucht wurde, bis es vom „Feuermelder" verboten wurde, wie DoKa den Gesetzgeber nennt.

Den Umschlag hat Schwester Nelli griffbereit ganz oben auf den Aktenberg gelegt, den es umzugsunabhängig als vorrangig zu bearbeiten gilt. DoKa wird über Stunden damit beschäftigt sein. Denkt Schwester Nelli. Sie kann währenddessen schalten und walten. Nur Bauer Gose muss noch wachgerüttelt werden, wenn nicht durch sie, dann durch DoKa.

Bauer Gose wird sofort wach, als DoKa durch die rückwärtige Tür die Alte Meierei betritt. Er wirkt frisch und ausgeschlafen und geht festen Schrittes durch das Besprechungszimmer zur Rezeption, wo er auf Bauer Gose trifft, der zeitgleich frisch und ausgeschlafen auf Schwester Nellis Posten zugegangen ist.

„Wieso kommt der Doktor da durch?" Bauer Gose zeigt auf den Eingang an der Rückseite des Hauses.

„Unser Bühneneingang für Prominente", scherzt Schwester Nelli und wundert sich, dass Bauer Gose DoKas Ankunft bemerkt hat. „Auch so einer, der nur mit einem Auge schläft und das andere verdeckt in Alarmbereitschaft hält", vermutet sie.

„Na, Gose, lange gewartet?", lässt sich in diesem Moment DoKa in die eine Richtung vernehmen.

In die andere: „Nelli, da ist so ein Umschlag – ich brauche mal den Musiker von letzter Woche."

„Den habe ich nicht hier."

„Das weiß ich. Besorgen Sie ihn sich."

„Wir ziehen um, wenn ich daran erinnern darf."

„Sie dürfen. Eben deshalb brauche ich ihn jetzt."

„Das Programm ist nicht eingeschaltet." Schwester Nelli ist über sich hinausgewachsen. Ein Umzugstag heißt nach ihrer Auffassung Ausnahmezustand und nicht „Römisches Recht ist, wenn es nur einen Papst gibt". Ausnahmezustand bedeutet zwei Päpste, Kartoffelsalat und Frikadellen, dazu Ordnung, Gegenordnung und schließlich Frieden.

„Nelli, ich brauche ihn am Telefon. Sehen Sie zu, woher Sie ihn zaubern. Die

Möbel kriegen wir im Handumdrehen gerückt. Gose hilft.

„Bauer Gose hilft nicht!"

„Ich will ja nicht stören", mischt sich Bauer Gose ein, „aber wenn ich beim Doktor mal was gut machen kann, dann drücke ich mich nicht."

„Sie können sich ruhig drücken." Schwester Nelli verhandelt jetzt direkt mit Bauer Gose, an DoKas Rückfront vorbei und ist sogar erfolgreich.

„Ich esse nur noch ne Frikadelle." Bauer Gose zeigt auf einen Teller mit appetitlich angerichtetem Frikadellenberg, der in sicherer Höhe über Computer und Akten abgestellt ist. „Danach seh' ich zu, wie ich zu Poganz' Trecker komme. Dürfte noch nicht weit gekommen sein."

„Ich kann Ihnen ein paar Frikadellen einpacken."

„Nö. Danke. Machen Sie sich man keine

Mühe, Schwester." Er angelt sich ganz ungeniert den Teller, lüpft die Frischhaltefolie und bedient sich. „Das sind ja sowieso nur zwei Bissen."

Der Bauer hält Wort. Er hat keine Mühe, eine solche Anzahl der lecker gewürzten Klöpse in kürzester Zeit in sich hinein zu spachteln, dass aus dem Berg ein überschaubarer Hügel geworden ist. Dann macht er sich auf und davon. Schwester Nelli atmet durch.

„Nun haben Sie ja Gose erfolgreich vergrault.", kommentiert DoKa Bauer Goses Abgang etwas ungehalten. „Wenn mich nicht alles täuscht, steht somit der Suche nach dem Musiker nichts mehr im Wege."

Schwester Nelli versteht. Die „Römisches Recht ist, wenn es nur einen Papst gibt-Stimmung" schlägt gnadenlos durch.

„Um was geht es?", fragt sie listig.

„Sagen Sie ihm, es geht um Mussorgsky. Ich habe da etwas für ihn. Vielleicht. Wir müssen mal sehen."

„Mussorgsky?"

„Genau – d e r Mussorgsky. Und dessen DoKa."

„Mehr nicht?"

„Mehr nicht. Erst einmal."

Schwester Nelli macht sich eine Kurznotiz und hofft inständig, dass Mussorgskys DoKa nicht ein weiterer hoch begabter Selbstärgerer ist. „Entweder das Ganze schaukelt sich hoch oder sie reagieren sich an einander ab." Sie legt den Zettel links zur Seite. Heute wird umgezogen.

„Es eilt."

Schwester Nelli nimmt den Zettel und schiebt ihn auf die andere Seite. Sie lässt sich nicht gerne von anderen treiben und demonstriert es durch zurückhaltend schnelle Reaktion.

Die wirksamste Medizin, die Spannung zu lösen, wäre die Enthüllung des Geheimnisses um den Musiker von letzter Woche, Mussorgsky und dessen DoKa sowie das vergangene, bestehende und zukünftige Verhältnis untereinander.

Schwester Nelli ist berufserfahren genug, um zu wissen, dass zwei DoKas in der Praxis so überflüssig sind wie eine Kuh mit zwei Schwänzen.

„Mein DoKa, dein DoKa…wo soll die Inflation hinführen? Die Dumme bin ich!".

Ist sie jetzt schon, meint sie, ohne den Musiker von letzter Woche wegen Mussorgsky und dessen DoKa gesprochen zu haben.

„Wie heißt er noch gerade? – Ah, da haben wir ihn. Wenn das nicht Bände spricht. ‚Duos!' Jeder Hornochse kann bereits zu diesem Zeitpunkt eine glasklare Analyse abgeben, und das ohne Zusatzstudium. Hier wird hinterrücks und auf hohem Niveau falsch gespielt."

Sie beschließt sowieso leidenschaftlich gerne und muss es zwangsläufig jeden Tag aufs Neue praktizieren, nie deckungsgleich, aber meistens ähnlich. Dieses Mal jedoch ist es anders. Dieses Mal geht es an ihre Substanz: „So nicht und nicht mit mir!"

Schwester Nelli nimmt den Zettel und legt ihn wieder auf die linke Seite.

„Wenn er in der Nähe ist, soll er heute Abend mal in der Praxis vorbeikommen. Wir werden ja wohl länger hier sein."

„Allein oder mit dem anderen?"

„Ich verstehe nicht."

„Dem anderen DoKa."

„Das kann nicht Ihr Ernst sein!"

„Doktor! Morgen ist wieder Praxis!"

„Stimmt! Auch nach meinem Terminkalender. Und nun – darf ich bitten?!"

Er entschwindet schnellen Schrittes in das Besprechungszimmer, lässt sich mit Bedacht auf seinem Schreibtischstuhl nieder, angelt sich den Umschlag mit dem Manuskript von der Höhe des geschichteten Arbeitsvolumens, nimmt die lose zusammengefügten Seiten vorsichtig heraus und beginnt zu lesen.

Das Manuskript

DoKa

Der Wanderer

Eine Erzählung zu

Bilder einer Ausstellung

von

Modest P. Mussorgsky

Promenade

DoKa, der Wanderer, wurde er genannt. Er war Landarzt. Sein vollständiger Name lautete Doktor Benjamin Kassenlos, eben kurz DoKa. Draußen auf dem Lande, wo schlechte Wege einsame Gehöfte, Dörfer und Städtchen verbinden, kannte er jeden.

Die Leute schätzten Doka. Mehr noch: Seine Zuverlässigkeit, für Beratungen kein Geld zu nehmen, war Trost in schweren Stunden, die es beinahe mehr gab als Steine auf dem Acker. Und das waren viele. Sehr viele.

Die Bauern hatten Mühe, mit dem wenigen zurechtzukommen, was Feld und Garten hergaben. Fleisch kam selten auf den Tisch. Das Kostbarste, was sie an Vieh ihr eigen nennen konnten, waren ein paar Kühe, deren Milch nicht nur getrunken, sondern auch zu Butter verarbeitet wurde.

Lediglich Salz und Zucker mussten regelmäßig gekauft werden, was eine unvermeidbare Investition war, obwohl sie beinahe ihr ganzes Gespartes verschlang.

Während Salz als lebensnotwendig galt und jeden Tag gebraucht wurde, gab es gesüßte Speisen wie Kuchen und Pudding nur an hohen Fest- und Feiertagen.

Die Leute vertrauten DoKa und DoKa vertraute ihnen. Nicht nur die Kinder erwarteten ihn stets mit Ungeduld. Es verging kein einziges Mal, dass DoKa nicht Leckereien aus seinen großen Manteltaschen mit vollen Händen an große und kleine Naschkatzen verteilte. Wie durch Zauber ging der Vorrat nie zu Ende. Wieviel DoKa auch wegschenkte, er bekam immer reichlich zurück: Äpfel, Birnen, manchmal sogar frische Eier.

Die Promenade 7.00 Uhr Sommerzeit OEZ, von Amts wegen geprüft.

Große Geschäfte, kleine Geschäfte, mittlere und auch fliegende Händler. Kein Wunsch bleibt unerfüllt, so offen er auch sein mag. Die gültige Währung: der DoKa in zweifacher Ausfertigung.

Der Marktplatz von Limoges

Es war Wochenmarkt. Die Bewohner von Limoges und Umgebung strömten herbei, um sich dort umzuschauen und zu vergnügen, Zeit für DoKa, etwas abseits die Beine lang zu machen. Hätte man meinen können. Aus der Ruhe wurde nichts. Durchdringendes Geschrei schreckte DoKa auf. Das Getöse kam aus der Stadtmitte, wo das Landvolk seine Waren zum Verkauf anbot.

„Hilfe, DoKa!", drang es in seine Ohren. „DoooKaaa! So hilf uns doch!" DoKa dachte, ein folgenschwerer Unfall hätte sich ereignet. Schnell warf er den Mantel über, rückte mit einem Handgriff die Notfallausrüstung an seine Stelle und dann nichts wie los... Keuchend erreichte er den Ort des Geschehens, wo sich zwei Marktfrauen gerade in die Wolle gekriegt hatten

„Du hast Blumenkohlohren", kreischte die eine.

Die mit den beleidigten Ohren legte noch eine Schippe drauf: „Und Deine Nase erst! Eine Runkelrübe ist gar nichts dagegen!"

„Pass auf! Du lernst meine…" Die Gescholtene fasste sich an die Nase. Einige schmunzelten, andere guckten betreten weg.

„Wie hast Du sie genannt? R u n k e l-r ü b e! Meine Runkelrübe sollst Du gleich kennen lernen!", schleuderte sie der anderen mit einer Lauchstange ins Gesicht direkt auf deren Riechorgan. Das tat weh und hatte Folgen.

Der Streit eskalierte zum Zweikampf, der zur Parteinahme verpflichtete und somit in kürzester Zeit den gesamten Marktfrieden bedrohte.

DoKa schob sich durch die schaulustige Menschenmenge, verschaffte sich kurz einen Überblick und schritt zur Tat: Zack – und schon bohrte sich eine Beruhigungsspritze in das Hinterteil der Kämpferin mit den vermeintlichen

Blumenkohlohren. Dann noch einmal: Zack – eine weitere landete in dem nicht minder ansehnlichen Gesäß von der mit der runkelrübengroßen Nase.

Die Streithennen sackten wie betäubt in sich zusammen. Willenlos ließen sie sich von ihren Männern hinter Kisten und Körbe rollen, wo sie zwischen Kohl und Krempel ihre Wut ausschlafen konnten.

Die Marktbeschicker dankten es DoKa. Sie nahmen von allem etwas, was auf ihren Ständen lag und ließen es gut sichtbar in seine Manteltaschen gleiten. Das war ihnen die Beilegung des Zankes wert. Die Störung zuvor hatte viel mehr gekostet. Nun konnten sie zur Tages-ordnung übergehen.

Nicht so die Kinder. Sie lebten alles noch einmal nach, fingen an, sich zu necken, dann sich gegenseitig zu drohen und schließlich unter Geschrei zu kämp-fen. Die Stimmung drohte zu kippen. Weitere Verletzungen waren nicht mehr auszuschließen. DoKas Tatkraft war erneut gefragt.

Der jedoch war genervt. „Ohne mich! Sehen Sie selber zu, wie Sie mit Ihrer Rasselbande klar kommen!"

Er drehte sich auf dem Absatz um, weg vom Tumult, raus aus der Stadt. Auf Wanderschaft konnte er sich am besten abreagieren und für die nächsten Sprechstunden neue Kraft schöpfen.

Der Marktplatz um 10.00 Uhr Sommerzeit OEZ, von Amts wegen in vollem Umfang geprüft.

Der DoKa als Aktie gibt noch weitaus mehr her, so unscheinbar sein Äußeres auf den ersten Blick wirken mag. Er ist in der Lage, sogar fabelhaft fiktive Wünsche zu erfüllen, deren Offenheit nie in Erwägung gezogen wird.

Anders als im Ladenlokal, wo er zwar hoch poliert von einer Hand in die andere wandert, markiert er vom Börsenparkett aus, richtig platziert, den alpinen Klettermax, knackt Rekorde im Minutentakt, lässt sowohl Händler mit dem Hochglanzpolierten als auch Wunschträger zittern und ist erst mit sich zufrieden, wenn an seinen Tischen alles läuft.

Bydlo

DoKa war schon etliche Stunden unterwegs. Vor lauter Zorn über die Marktleute hatte er ein gehöriges Tempo vorgelegt. Jetzt merkte er, dass er damit einen Fehler gemacht hatte. Er hätte mit seinen Kräften besser haushalten sollen.

Die Erde war nass und schwer. Bei jedem Schritt meinte er, die Stiefel würden im Schlamm stecken bleiben. Er kämpfte gegen zunehmende Müdigkeit. Dazu tat ihm jeder einzelne Knochen weh. „Eine Pause wäre genau richtig", dachte DoKa. Er hielt Ausschau, ob nicht etwas zu entdecken wäre, worauf er sich niederlassen könnte. Schließlich fand er einen großen Feldstein, auf den er sich setzte, um von dort aus seinen Blick in die Ferne schweifen zu lassen.

Er strengte seine Augen ordentlich an, aber konnte lange Zeit nicht klar herausfinden, was sich am Horizont wie in Zeitlupe bewegte, bis nach und nach, langsam, ganz langsam, Konturen von Ochsenkarren erkennbar wurden.

Die mageren Tiere konnten unter dem Joch kaum die Wagen ziehen. Auch als sie schon lange irgendwo im Dunst der tief stehenden, blassen Sonne verschwunden waren, konnte sich DoKa noch immer keinen Reim auf den Elendszug machen.

Er stand auf. Ihm war nicht danach, sich noch länger an dem traurigen Ort aufzuhalten. Es schien ihm, dass er sich nie zuvor so verlassen gefühlt hätte, als er in gehöriger Entfernung zwei Männer mit wagenradgroßen Hüten ausmachte und freute sich: „In guter Gesellschaft lässt es sich besser wandern. Ich werde auf die beiden warten."

Einige Stunden später OEZ, von Amts
wegen genehmigt.

Nichts ist so perfekt, als dass es nicht
noch eines Schönheitsfehlers bedürfte,
die Perfektion von uferloser Langeweile
zu befreien, weswegen sich sowohl der
Hochglanzpolierte als auch sein Pendant
als Aktienpotential eine Ruhepause gön-
nen, die von misstrauischen Argusaugen
belauert und oft genug mit Wehklagen
und Verzweiflungsausbrüchen lautstark
beendet wird, um Tempo zu fordern.

Samuel Goldenberg und Schmuyle

Nur noch wenige Schritte trennten die beiden Gestalten von DoKa. Unter dem einen Hut wölbte sich ein Dickwanst, unter dem anderen verschwand beinahe ein fast nichts an Mann, dünn wie ein dicker Faden. Unter beiden Hüten brodelte es. Die Stimmen schaukelten sich hoch. Nur die Krempen dämpften den Schall.

DoKas Vorfreude auf Neuigkeiten schlug in Ablehnung um. Am liebsten wäre er den Hüten weiträumig aus dem Weg gegangen, aber seine Beine trugen ihn nicht mehr. So wartete er in gespannter Ruhe auf die weitere Entwicklung der Situation.

Seine Hoffnung war, das Geschrei würde von selbst aufhören. Argumente und Gegenargumente schienen keinem von beiden auszugehen.

„Ich will das Geliehene sofort zurück!", polterte der Dicke.

„Meine arme, kranke Frau, meine un-mündigen Kinder!", jammerte die schwache Stimme des Dünnen.

„Na und? Was ist daran Besonderes?"

Der Dünne schluckte. „Sie haben schon tagelang kein Essen gesehen."

„Vom Sehen wird man eh nicht satt. Sie werden schon nicht sterben!" Der Dicke schob seinen Hut ein wenig in den Nacken, so dass sein feistes Gesicht zu sehen war. „Ich will alles zurück, und zwar umgehend!"

„So nicht! Nicht mit mir!" DoKa war entschlossen, den Dünnen zu verteidigen. Er spürte ungeahnte Kraftreserven und ging den zwei Fremden forsch entgegen.

„Ich will Ihr Problem lösen, wenn Sie mir sagen, wo es hier in der Nähe eine Übernachtungsmöglichkeit gibt", rief er ihnen zu.

„Übernachten können Sie im Alten Schloss, gleich am Ende des Weges", knurrte der Dicke.

„Und nun zu Ihnen selber. Sie versprachen ziemlich vollmundig, unser Problem zu lösen. Darf man wissen, wie Sie das bewerkstelligen wollen?" Die Ironie in seiner Stimme war nicht zu überhören.

DoKa ließ sich nicht aus der Ruhe bringen. „Sie bekommen von mir genug zu essen für die ganze Familie", redete er dem Dünnen gut zu und langte in seine Manteltaschen, aus deren Tiefen er einen ganzen Laib Brot, eine Seite Speck und Zwiebeln beförderte.

„Vertrauen Sie mir! Ihre Familie wird bald wieder zu Kräften kommen. Sie werden arbeiten können und die aufgelaufenen Schulden ordnungsgemäß mit Zins und Zinseszins zurückzahlen."

Ich verstehe! Er soll ordentlich was auf die Rippen bekommen und ich werde abmagern bis auf die Knochen!", lamentierte der Dicke.

„Nehmen Sie ab, und zwar gehörig, dann leben Sie länger! Und nun lassen

Sie uns in Ruhe. Sehen Sie zu, dass Sie Land gewinnen!" DoKa hatte mit so großem Nachdruck gesprochen, dass sich der Dicke fluchend davon machte.

Vor Sonnenuntergang OEZ Sommerzeit, von Amts wegen geprüfter, denk-
bar kurzer Abschnitt zwischen Mittag
und Mondaufgang.

Das Antreiben ist eine heikle Sache, die
nicht jeder so gut beherrscht, dass es
nicht zu unerwünschten Folgen kommen könnte, wenn beispielsweise eine
Währung schneller läuft als ihr Hüter.
Wer sie zuerst wieder einfängt, darf sich
glücklich preisen.

DoKa der Hochglanzpolierte und der
als Aktie machen keine Ausnahme. In
solchen Momenten oktroyierter Hektik
verbünden sie sich und haben ihre besonders starken Auftritte. „Wir sind ein
DoKa" heißt es dann und schon glätten
sich die Wogen, sogar ganz ohne Ölbe-
gießen.

Tanz der Küken in Eierschalen

„Warten Sie, das soll nicht alles gewesen sein!", beruhigte DoKa den Dünnen, der sich abseits gehalten hatte, um dem Dicken nicht in die Quere zu kommen. Er wühlte in den Tiefen seiner Manteltaschen.

Ihr Innenleben wurde zu einer Herausforderung für DoKa, mit der er nicht gerechnet hatte. Er musste regelrecht graben, um sein Geschenk für den Dünnen ans Tageslicht befördern zu können.

An Eier hatte er gedacht. Die hatte er ursprünglich bei sich getragen. Zum Backen oder gekocht mit frischen Kräutern aus dem Garten und Eingelegtem wären sie genau das Richtige gewesen. Und nun stattdessen: quicklebendige Küken, die nicht satt machen, sondern selber um die Wette picken, wenn es etwas zu picken gibt. Was sollte der arme Kerl damit bloß anfangen?

Anbieten musste DoKa sie dennoch. So wie der abgemagerte Mann jede Bewegung von ihm erwartungsfroh verfolgte, war ein Rückzieher nicht mehr möglich. Er reichte dem Dünnen das Geschenk und mahnte zur Vorsicht.

„Das sind ja echte Küken. Gerade geschlüpft. Sehen Sie die Reste von Schalen! Und wie sie piepen!", freute sich das klapperdürre Männchen. „Ich werde einen richtigen Hühnerhof haben!", jauchzte es und hüpfte von einem Bein auf das andere.

„Die Hühner werden wieder Küken haben, die Küken werden wieder Küken haben. Ach, nein! Was rede ich da? Erst einmal müssen sie Hühner werden. Aber dann! Sie wachsen schnell!"

Der Dünne rechnete fieberhaft nach, wie viele Küken er wohl in einem Jahr zu Hühnern heranfüttern könnte, und was sie ihm im Verkauf an Geld brächten, um erneut zu investieren.

Dabei vergaß er nicht, sich zwischen den Zahlen und Zahleszahlen wieder und wieder wortreich bei DoKa zu bedanken und ihm zu versichern, dass er ihn und seine gute Tat nie vergessen würde.

Achtung! Ein unaufschiebbarer Termin, Sommerzeit OEZ. Eine Erlaubnis von Amts wegen liegt vor und gilt als geprüft.

Das Wunschkarussell fährt also wieder. Die Schiffschaukel nebenan hat auch gut davon und Zuckerwatte gibt es gratis. Im Riesenrad wird die Probe auf ihre Bekömmlichkeit getestet. Darf es noch etwas mehr sein? Der DoKa läuft und läuft. Sein Haltbarkeitsdatum scheint grenzenlos.

Das Alte Schloss

Inzwischen war es spät geworden, aber DoKa war über die Freude des armen Schluckers so glücklich, dass er trotz spürbarer Erschöpfung seinen Weg geradezu beschwingt fortsetzte, als die Dämmerung nach und nach den Blick auf einen mächtigen, quadratischen Bau freigab.

An den Ecken ragten schlanke Türme in die Höhe, deren Spitzen durch wunderschöne, fein gewobene Spinnnetze verbunden waren. Sie glichen Brücken, auf denen Fledermäuse nach der Jagd in ihr Domizil zurückkehren konnten.

Ein breiter Wassergraben, aus dem Frösche quakten, und dessen Rand von Lurchen und Kröten bewacht wurde, grenzte an eine dicke Mauer. Das ganze Schlossgelände schien davon umgeben zu sein. Nur die Adelsdamen in langen, kostbaren Kleidern fehlten noch zum romantischen Stimmungsbild.

DoKas Augen waren unverwandt auf die Fenster gerichtet. Sie gaben ihm zu denken. Im Verhältnis zu den Wandflächen schienen sie kleine Löcher zu sein. „Wahrscheinlich sind sie nicht dazu da, um die Landschaft wegen ihrer Schönheit zu betrachten oder die Kröten zu zählen", mutmaßte er. Bei ihm hatte sich der Eindruck verstärkt, es handele sich nicht so sehr um ein repräsentatives Schloss, als um eine zweckmäßige Festung.

Er zögerte, näher zu treten. „Ob ich da heil wieder herauskomme, wenn ich einmal die Zugbrücke überschritten habe und das Tor mit den Eisenbeschlägen und fünffacher Verriegelung sich hinter mir geschlossen hat?"

Nach Sonnenuntergang, Sommerzeit OEZ, vulgo: Spätschicht mit Sondergenehmigung.

Der Hochglanzpolierte pflegt das Image der Unverfallbarkeit mit einer PR- und Marketingstrategie, die ihres Gleichen sucht. Sie setzt Durchhaltevermögen voraus. Das können nur wenige in der Höhe bieten wie ausgerufen.

Wichtigster Teil seiner Öffentlichkeitsarbeit ist es jedoch, sich in Schatullen mit Samt- und Seidenpolstern erweiterte Gültigkeit anmassieren zu lassen, während er als Aktie im Gewölbe Platz nimmt, wo er zum Liebhaberstück wird.

Gnomus

„Halt! Wo willst Du hin?", hörte DoKa plötzlich eine raue, dröhnende Stimme. Ein kleiner, unglaublich hässlicher Mann hatte sich, wie aus dem Boden gestampft, vor DoKa aufgebaut. Die zornigen Augen des Widerlings quollen unter schwarzen, buschigen Brauen hervor. Mit dem Unterkiefer malmte er krachend und knackend als wollte er Felsen zerkleinern.

„Auch das noch! Der Gnom!", durchfuhr es DoKa. Er hatte bisher nur durch schaurige Erzählungen von ihm und seinen Wutanfällen erfahren. Es hieß, das Ungeheuer ziehe dabei die Beine hoch. Mit Schuhen an den Füßen, so groß wie Kähne, bohre es kiesgrubentiefe Löcher in die Erde, wurde erzählt. Dazu würde es sich mit seinen Pranken auf den Bauch schlagen. Ein dumpfes Grollen wäre kein Gewitter, warnten alle, die dem Gnom begegnet waren, sondern seine Sprache.

„Du scheinst mir eine lange Wanderung hinter Dir zu haben", sprach der Finsterling lauernd. „Willst Du komischer Kauz heute Nacht etwa auf dem Daumen sitzen, statt Dich in kuscheligen Kissen zu wälzen?" Der Gnom grunzte wie ein lachendes Schwein, der Atem roch unerträglich übel nach Jauchegrube.

„Sein ganzes Riesenkauwerk ist gespickt mit faulen Zähnen", vermutete DoKa und wollte sich am Gnom vorbeimogeln. Es misslang. Wohin er auch versuchte auszuweichen, ihm wurde der Weg zurück mit unzweifelhaften Drohgebärden verstellt.

„Mir nach!", kommandierte der Gnom. „Ich bringe Dich im Alten Schloss direkt ins Bett." Die Vorstellung behagte DoKa ganz und gar nicht, aber er hatte keine andere Wahl. Mehr getrieben als freiwillig, überquerte er unter gnomischer Aufsicht den Innenhof des Schlosses - ein paar Stufen noch…

Ein paar Stufen noch, dann wäre sein Schicksal besiegelt gewesen. Doktor Benjamin Kassenlos, genannt DoKa, beliebt wie kein anderer Arzt, wäre für immer hinter den dicken Mauern verschwunden, wenn er nicht Glück im Unglück gehabt hätte. Ein paar Stufen noch...

Es passierte etwas, womit der Gnom nicht gerechnet hatte: Er rutschte auf den glitschigen Stufen aus und fiel hin, so dass seine Nase wie ein Schlossturm in den schwarzen Nachthimmel ragte. Sogar seine Nasenlöcher hatten jetzt Ähnlichkeit mit Schießscharten.

Sommerzeit OEZ, ein Kurier ist unterwegs, um die genehmigte Prüfung von Amts wegen einzuholen.

Nicht jeder Liebhaber meint es gut. Der DoKa als Aktie kann ein Lied davon singen. Mit Vehemenz umworben, wird er gebeutelt, gezaust und verunziert, bis der Hochglanzpolierte ihm unter die Arme greifen muss. Gekonnt glänzt er jetzt die Liebhaber ins Abseits.

Die Katakomben

„Das ist d i e Gelegenheit!" DoKa zögerte keine Sekunde. Er drehte sich auf dem Absatz um und rannte, was die Beine hergaben. „Da! Eine Tür im Boden!" Geistesgegenwärtig riss er am Eisenring. „Dem Himmel sei Dank! Sie lässt sich öffnen!" Er sprang auf die ersten Stufen einer steilen Treppe, zog die Tür hinter sich zu und konnte sie gerade noch verriegeln, als er über sich den Gnom wüten und fluchen hörte.

Unter DoKa tat sich ein langer Schacht auf, aus dem starker Modergeruch aufstieg. Er hielt inne, um sich an die Dunkelheit zu gewöhnen, bevor er den Rest des Abstiegs wagte. Was er dann sah, ließ ihn zurückfahren: Von den Wänden sahen ihn Totenköpfe an.

Die Uhren bleiben stehen, von Amts wegen festgestellt.

Dort im Abseits bleibt jeder für einige Zeit wunschlos. Beinahe. Wer Liebhaber war, möchte es bleiben.

Der Hochglanzpolierte sieht es nicht ungern und macht dem DoKa als Aktie Mut, es noch einmal mit den Liebhabern zu probieren, worauf der erneut den schweren Weg ins Gewölbe nimmt und zusieht, dort einen Vorsprung mit Überblick zu ergattern.

Cum mortuis in lingua mortua

Kaum hatten sich DoKas Augen an die Dunkelheit gewöhnt, geschah etwas Merkwürdiges: die Toten fingen an zu leben. Riesige Schatten, die stöhnten und ächzten, wanderten über die nassen Wände.

Einige von ihnen sprachen deutlich und akzentuiert. Sie erzählten von schrecklichen Foltern. Ihr Alter war nach DoKas Ermessen unschätzbar, so dass er die Absicht aufgab, Angehörige zu benachrichtigen, wenn er das Tageslicht erblickt.

Eine Ausnahme gab es: Es war ein junger Mann, mit dem DoKa ins Gespräch gekommen war und dessen Schicksal ihn erschüttert hatte. Diesem Toten versprach er, dessen Liebste zu suchen.

OEZ undatiert.

Der DoKa als Aktie wird bereits erwartet. Man kennt ihn von früher. Keiner hat ihm zugetraut, dass er wiederkommt und eine starke Position bezieht! Beinahe uneinnehmbar! Wie er das macht, ist sein Geheimnis. Der DoKa als Aktie ist zu einem bedeutsamen Schweiger mutiert.

Die Tuilerien

Die schwere Luft machte DoKa immer mehr zu schaffen. Er schleppte sich hustend und röchelnd voran. Japsend erreichte er gerade noch rechtzeitig die frische Luft am Ende des Schachtes, der direkt in einen dichten Wald führte und atmete tief durch. „Keinen Schritt mehr weiter! Für heute ist Schluss!" Er ließ sich auf ein weiches Moosbett plumpsen, wo er sofort, fest in seinen Mantel gewickelt, einschlief. DoKa träumte.

Er sah sich auf einem Sessel aus Gras, umgeben von einer herrlichen Gartenanlage, an einem See sitzen. „Ich bin müde von langer Wanderschaft", rief er den Rosen zu. „Befehlt Euren Untertanen, sie mögen sich zu mir begeben, damit ich ihre Pracht besichtigen kann."

DoKa hatte kaum zu Ende gesprochen, da glitten Rabatten und Beete auf silbernen Gondeln an ihm vorbei.

Er machte es sich nach allen Regeln der Kunst bequem und genoss die gewünschte Gartenschau zu seinen Ehren. Die Blumen neigten ihre Köpfchen vor ihm, einige wippten lässig grüßend mit den Blättern. Rote und gelbe Blüten, Rispen und Dolden verwischten mit dunklem Grün zu großen und kleinen Tupfen. Lichtkringel und Sonnenflecken irrten darüber hinweg und bildeten Landschaften aus wechselnden Mustern. DoKa schaute und schaute, bis...

Eineinhalb Tage nach der undatierten OEZ, von Amts wegen mit einem Fragezeichen versehen.

Der Hochglanzpolierte ist beunruhigt, als er nichts mehr von dem DoKa als Aktie hört. Verstummen ist in seiner PR- und Marketingstrategie nicht vorgesehen. Präsenz zeigen, ist das Motto! „Wir sind ein DoKa", posaunt er daraufhin in einer Lautstärke, dass auch in die Übersicht auf dem Gewölbevorsprung wieder Bewegung kommt.

Die Hütte der Baba-Yaga

DoKas Traumbild zerriss.

Er merkte, dass auf dem Wasser keine Gondeln mehr fuhren. „He! Warum geht es nicht weiter? Sind das schon alle Blumen, die man mir vorführen kann?", rief er verärgert den Rosen zu und machte einen langen Hals, damit er besser zu hören wäre.

Die Reaktion darauf war ungewöhnlich heftig. Statt eines neuen Blumenmeeres schleuderte der See aus wütenden Wellen einen Urwald hervor, aus dem ein riesengroßes, verwittertes Blockhaus auf baumstammdicken Hühnerbeinen direkt auf ihn zusprang. DoKa schrie vor Angst und wachte auf.

Alles war genau wie im Traum. Der undurchdringlich finstere Wald umgab ihn, die Hühnerbeine standen direkt vor ihm.

„Das ist…nein, nicht wirklich, nur so ähnlich…oder doch: die sehr markante

Architektur…der starke Unterbau… DoKa hab Acht: das ist sie, die Hütte der Baba-Yaga! Jetzt heißt es kühlen Kopf bewahren. Die beste aller Strategien: gezielte Irreführung."

Er schlüpfte zwischen den widerlichen Beinen durch und verschwand in dichtem Gebüsch. Von dort aus rief er frech: „Was glotzt Du so blöd!? Ich bin nicht da, wo Du meinst. Hast Du keinen Kompass an Bord?"

Die Hexenhütte stutzte, machte ein paar unentschlossen plumpe Luftsprünge auf der Stelle und holzte dann mit Riesenschritten alles um, was ihr in den Weg kam.

„Du bist zu weit!", brüllte DoKa. Blitzgescheit, wie er war, hatte er sich, gut getarnt, hinter dem Gruselhaus versteckt.

Die Hühnerbeine machten eine Vollbremsung und versuchten eine Kehrtwende. Sie misslang. Vorwärtsgang raus, Rückwärtsgang rein. Das Blockhaus stelzte zurück, stelzte vor, drehte sich ungelenk um sich selber, kam beinahe zu Fall und stürmte schließlich in die entgegengesetzte Richtung von DoKas Versteck. Sein Kalkül war aufgegangen.

Nun musste er zusehen, dass er schleunigst das bedrohliche Dickicht hinter sich ließ. Er rannte und rannte, auch als er den Wald längst verlassen hatte, rannte er immer weiter. Die Angst trieb ihn.

Turnusgemäße Übergangsfrist von Sommer- zu Winterzeit OEZ, sämtliche von Amts wegen herausgegebenen Prüfungen werden Wirtschaftsprüfern vorgelegt.

Seitdem läuft der DoKa als Aktie wie geschmiert. Kaum, dass der Hochglanzpolierte hinterherkommt. Doch irgendwie schafft er es.

Das große Tor zu Kiew

DoKas Flucht vor der Baba-Yaga hatte ihn über weite Ebenen, Höhen und durch tiefe Täler geführt. Alle menschenleer. Schon fürchtete er, auf immer einsam zu bleiben.

Eines schönen Morgens jedoch geschah ein Wunder. DoKa erklomm einen Berg und mochte seinen Augen nicht trauen. Unter ihm breitete sich ein Paradies von goldenen Kuppeln aus, die das erste Sonnenlicht auffingen und in strahlendem Glanz widergaben. Die ganze Pracht wurde von einer hohen Mauer mit einem gewaltigen Tor umgeben.

DoKa schlug den Weg ein, der geradewegs dorthin führte. Wie von unsichtbaren Kräften befohlen, öffneten sich die Torflügel vor ihm. Sämtliche Glocken fingen an zu läuten.

Von Ferne waren mehrstimmige Choräle von überirdischer Schönheit zu hören, die ein derart feierliches Gefühl in ihm auslösten, dass er den Tränen nahe war.

Auf der anderen Seite des Tores stand ein Mann in einem langen, schwarzen Mantel aus feinstem Tuch. Er trug einen pelzbesetzten Hut auf dem Kopf. Ein wenig an die Mauer gelehnt, betrachtete er DoKa mit höchster Aufmerksamkeit. Der fing den Blick auf und wusste sofort, wen ihm der Zufall beschert hatte.

„Na, so was! Der arme Tropf in Lumpen von damals auf der Landstraße! Nur klapperdürr ist er nicht länger, und von schwächlich keine Spur. Schlank und muskulös schaut er aus. Und sein Gesichtsausdruck! Keine Spur mehr von traurig und verzweifelt! Nachdenklich und stolz ist er jetzt. Ein richtiger Herr ist er geworden."

Um den Mann herum hatte sich eine gut genährte Hühnerschar gruppiert, die ihre wimpernlosen Augen halb geschlossen hielt. Um die schlanken Hälse waren Ordensbänder gewunden.

Die Gala von schneeweißem Gefieder war mit Perlen übersät. Sie passten perfekt zu dem Goldband mit eingravierten Namen, das jede Glucke um die schmalen Fesseln trug.

DoKa fielen sofort die Krallen auf, weil sie im Gegensatz zu den Laufbeinen der Hexenhütte vorbildlich gepflegt und lackiert waren, als wenn regelmäßig eine Krallenpflegerin in den Hühnerhof käme.

„Wissen Sie, wer das ist?", fragte der Mann mit leisem Lächeln. „Ihre milde Gabe von damals! Sie sind die Stammmütter unseres Reichtums geworden.

Meine Familie und ich haben hart dafür gearbeitet. Wie von Ihnen befohlen, sind sämtliche Schulden getilgt. Wir sind die wohlhabendsten und angesehensten Bürger in Stadt und Land.

Wir haben die ganze Zeit auf Sie gewartet. Nichts konnte uns davon abhalten zu glauben, dass Sie kommen werden.

Mein Herz sagte mir, Ihre Ankunft wird an einem Tag sein wie heute, wo die ganze Stadt in Feiertagsstimmung ist. Nun ist unser Glück vollkommen. Sie sind hier! Seien Sie unser lieber Gast, solange Sie mögen."

Die OEZ hat Recht, von Amts wegen
bestätigt und beglaubigt.

Als der Hochglanzpolierte und der Do-
Ka als Aktie wieder auf einer Höhe sind,
gibt es eine Wiedersehensfeier unter
vorläufigem Ausschluss der Öffentlich-
keit. Dennoch wird auf Umwegen bekannt, dass sie ihre Schwüre bekräftigt
haben, weder zu viel zu posaunen, noch
zu viel zu rascheln, weder zu viel zu ru-
hen noch zu viel zu schweigen. Voraus-
gesetzt, die Bedingungen stimmen.

3

DoKa lehnt sich zurück und schließt kurz die Augen, um sich Eckpfeiler seines Lebenslaufs ins Gedächtnis zu rufen, die Hinweise auf den Hintergrund der Erzählung und ihrer Ebenen geben könnten.

„Die ersten Röntgenbilder mit dem eigenen Gerät?" Zehn Jahre zurück reichen nicht, zwanzig dürften es mindestens sein. „Damals habe ich noch Oktavhefte mit Eintragungen über Besonderheiten des Tages geführt." DoKa kreist die Jahre immer mehr ein, gleicht die Markierungen mit anderen ab, die mittlerweile nur noch mit Mühe an der Peripherie der Vordergründigkeit zu erkennen sind.

„Als wir privat das Hauptquartier im Ort nahmen und ich anfing, jeden Tag zwischenzufahren." Er seufzt. „Ein bedeutsamer Einschnitt. Keine Zeit, keine Zeit – Musik hören, Bücher lesen? In

einigen Jahren. Nach der Pensionie-
rung."

Sein mutiges Zugeständnis an das Manuskript mit der Erzählung „DoKa, der
Wanderer": Er nimmt sich ein paar Minuten länger als gewöhnlich, um sich
erneut darein zu vertiefen.

Je länger er über die Mehrschichtigkeit
der Erzählung und die Wahl von Mussorgskys „Bilder einer Ausstellung" mit
gewollt inszenierten Brüchen und Über-
gängen nachdenkt, umso mehr fühlt er
sich als deren Kustos.

Von einem Moment auf den anderen ist
seine erhöhte Aufmerksamkeit auf ein
Bild gelenkt, als es aus den Seiten des
Manuskripts fällt, über seinen Schreibtisch flattert und beinahe auf der anderen Seite wieder herunter rutscht.

DoKa springt auf, langt über die ganze
Breite des Schreibtisches und kann das
Blatt gerade noch an einer Ecke festhal-
ten.

Behutsam legt er die zarte Zeichnung von starker Artikulation vor sich an einen weniger gefährdeten Platz und schaut ihr direkt in die Augen.

„Bajazzo"

„Davon habe ich nichts geahnt."

„Bajazzo" Er verspürt eine gewisse Betroffenheit, die er sogleich mit einer kräftigen Dosis Ironie niederkämpft, indem er sich Unken und andere Höhlenbewohner ins Gedächtnis ruft. „Die Tuilerien"? Was für ein Börsengang! Laub drüber und nur nicht wecken!

Nicht doch! Dieses Mal nicht. Noch sind nicht alle Möglichkeiten ausgeschöpft. „Wo bleibt denn Nelli mit dem Musiker? So schwierig kann das wirklich nicht sein, ihm auf die Spur zu kommen!" Er ruft:

„Nelli!?"

„Ja, ich bin gerade dabei." Sie transferiert den Zettel auf die rechte Seite.

„Lassen Sie mich wenigstens ausreden."

„Bitte! Ich dachte Sie möchten die Daten von dem Musiker so schnell wie möglich."

Schwester Nelli versteht sich auf Prioritäten, erst recht, wenn sie gefordert werden. Sie kommt aus DoKas Schule, also lässt er sie situationsbedingt gewähren und tut gut daran.

Schwester Nelli öffnet eine Schublade, zieht eine Akte, informiert sich über den Krankenverlauf und die damit verbundenen Daten. Danach wählt sie eine Telefonnummer aus dem gelisteten Angebot, die ihr über mehrere Stationen zum Erfolg verhilft.

Sie hat den Musiker in der Leitung, der frohen Mutes bekennt, sich bester Gesundheit zu erfreuen und an diesem Abend einen Auftritt in einer benachbarten Wohnanlage für Senioren hat, der ihn – leider, leider - unabkömmlich macht. Das nächste Mal vielleicht. Gerne kommt er in der Praxis vorbei. Auch einfach mal so, ohne Beschwerden an Kopf und Gliedern.

Schwester Nelli wehrt ab. „Du meine Güte! Was denken Sie?! Das ist doch kein Einberufungsbefehl! Der Doktor möchte Sie nur auf ein Wort in Sachen Mussorgsky sprechen." Die heitere Note in Schwester Nellis Stimme ist nicht zu überhören und bekommt sogar noch eine Weichzeichnung oben drauf: „Dazu brauchen Sie sich nicht extra her zu bemühen. Ich werde den Doktor informieren, dass Sie ihn in Bei den Tannen Eins erwarten."

Schwester Nelli ist betörend abweisend. „Was halten Sie davon?", ist danach nur noch Rhetorik. Die Antwort von Max Duos ist nicht minder glatt:

„Mussorgsky? Aber mit Vergnügen. Ich stehe Herrn Dr. Kassenlos zur Verfügung. Meine Empfehlung an ihn."

Beste Aussichten, sich des Falles zu entledigen, meint Schwester Nelli. Sie entnimmt einer anderen Schublade einen Laufzettel, auf dem sie die Informationen in knapper Form festhält.

Name: Duos

Vorname: Max

Beruf: Pianist und Arrangeur

Telefon: Mobil über drei Nummern, die nicht erreichbar sind. Bei Bedarf die Auskunft anrufen und eine Nachricht hinterlassen.

Heute Auftritt in:

Bei den Tannen Eins, Bei den Tannen

Beginn des Konzerts: nach dem festlichen Abendessen.

Der Eintritt ist frei. Gäste können mitgebracht werden.

Schwester Nelli vergleicht noch einmal alle Einzelheiten mit den von ihr gespeicherten Daten, versieht den Zettel mit dem aktuellen Datum, unterschreibt ihn und präsentiert ihn DoKa.

„Hier – die gewünschte Auskunft."

DoKa wirft einen Blick drauf, befragt seine Uhr, strafft sich wie mit neuer Energie versorgt und schreitet zur Tat. Zunächst verbal.

„Wir brauchen Gose. Versuchen Sie ihn mal zu erreichen. Das dürfte für Sie kein Problem darstellen. Er kann noch nicht weit sein. Möbelrücken ist Männersache. Sie selber können später einräumen und ordnen, wenn wir weg sind. Ich fahre noch mal schnell in den Ort und bin zu Hause zu erreichen, ab 17.00 Uhr in Bei den Tannen Eins."

Er zieht erneut seine Uhr zu Rate. „Wann ist Gose losgegangen?"

„Nach den Frikadellen."

„Wenn dem so ist – gucken Sie mal im Gras nach. Also, Nelli, machen Sie einen schönen Spaziergang und kommen mit Gose zurück."

Für Schwester Nelli ist die Aufforderung weit mehr als sie für wünschenswert hält, was sie in einen mentalen Schwächezustand versetzt, der sich jedoch bei dem Gedanken an die Verheißung verflüchtigt, später für einige Stunden autark über die Neuordnung des Schrankinventars walten zu können.

Ein schöner Spaziergang würde sie sogar beflügeln, wenn dieser Außendienst nicht verordnet wäre und Gose längs der Hauptverkehrsstraße zu suchen, nicht den Charme einer Strafarbeit hätte.

Auch Schwester Nelli denkt an Unken und andere Höhlenbewohner, allerdings als Orientierungshilfe für die Suche nach Bauer Gose. Sie zieht ihre regenfeste, warme Jacke an und die Stiefel, die sie wie üblich vor Betreten der Praxisräume gegen entsprechende Fußbekleidung ausgetauscht hat.

„Wenn was ist, können Sie mich über Mobil erreichen."

„Danke. Ich komme zurecht."

Sie geht, DoKa guckt ihr kurz nach, um sich zu vergewissern, dass sie die von ihm angedachte Richtung einschlägt.

Nachdem er nichts Nachteiliges beobachten kann, zieht er sich in sein Zimmer zurück und bleibt vor dem Schreibtisch stehen, auf dem die Zeichnung immer noch genauso liegt, wie er sie hingelegt hat.

Er studiert sie erneut, dieses Mal von

höherer Warte und in die Richtung des dargestellten Bajazzo auf seinen leeren Schreibtischsessel blickend.

„Bajazzo"? Einen aufflammenden Impuls, den „Bajazzo" jemandem zuzuordnen, verdrängt er so vehement, als hätte er sich bereits verbrannt.

Er nimmt das Manuskript und die Zeichnung, befördert beides vorsichtig in den Umschlag und ordnet ihn hinten in seine Arzttasche ein, die ihn seit seiner Zulassung als niedergelassener Landarzt begleitet.

4

Gose liegt derweil im Gras und denkt auch viel. Er denkt an Poganz' Trecker, den er eigentlich erreichen will, wenn ihm nur irgendwie danach wäre, was es im Augenblick nicht im Geringsten ist, weil der gut gefüllte Bauch ihn bequem macht und die Mischung von Erde, Gras und Laub gut riecht.

Dennoch hat er aus Gewohnheit die Ohren weit aufgesperrt, um zu hören, ob Poganz' Trecker rein zufällig vorbei kommt, ohne dass er hinter ihm herlaufen muss, also ihm mehr entgegenkommt, nur bitte nicht auf der anderen Straßenseite.

Die Straßenquerung verweigert Bauer Gose konsequent. Selbst Poganz' Trecker macht keine Ausnahme.

Doch der Bauer kann seine Lauscher ausstrecken, soviel, so gut und so lange er will, er hört Poganz' Trecker nicht herbei, weder so noch so oder noch ganz anders. Vielmehr bleibt ihm selbst bei größter Verstocktheit gegenüber unliebsamen Einwirkungen, die ihn aus seinem Nest locken könnten, nicht verborgen, dass Schwester Nelli nach ihm fahndet.

Bauer Gose versucht sich in physischer Rundumtarnung, als er eine schwierige Gedankenhürde nehmen muss, die ihn in einen völlig unbeabsichtigten Wachzustand versetzt.

„Wenn die Schwester hier draußen unterwegs ist, haben sie die Möbel noch nicht gerückt", schließt er folgerichtig. „Selber schuld! Poganz' Trecker kommt schließlich nicht alle Tage dieses Wegs." Er setzt sich kerzengerade auf. „Schwester, braucht der Doktor mich?"

Schwester Nelli ist geschult im Umgang mit Menschen. Sie nimmt sich in aller Professionalität zurück und ehrt Bauer Goses interessierte Frage mit einem zusätzlichen Akzent. „Der Doktor hat mich geschickt, um Sie zu rufen!"

„Was liegt denn an? Die ollen Sachen? Mache ich." Er windet sich aus seinem Versteck. „Dann wollen wir mal."

„Der Doktor will um 16.00 Uhr los."

„Das geht. Kann er mich mitnehmen?"

Schwester Nelli ist bedingt froh über das Begehren. DoKas Wagen ist kein Ersatz für Poganz' Trecker, weder so noch so noch irgendwie anders, aber das soll DoKa Bauer Gose man selber verklickern.

Sie kann sich den Ablauf lebhaft vorstellen und lächelt verständnissinnig, ohne sich über eine Mitfahrgelegenheit zu äußern.

Bauer Gose akzeptiert es stillschweigend. Er, Bauer Gose, der sich nunmehr mit voller Kraft der Aufgabe in der Alten Meierei widmen wird, wird sich von Mann zu Mann mit DoKa unterhalten.

So sieht das auch DoKa und unterbreitet Bauer Gose das Angebot, nach getaner Arbeit und einem nach seinem eigenem Gutdünken bestimmten Lohn, sagen wir mal einer Flasche mit passendem Inhalt, einen Ersatz für Poganz' Trecker zu bieten. Bauer Gose muss nur über die Straße zu Bei den Tannen Eins.

Bauer Gose verzichtet. Die andere Straßenseite kommt auch unter den von DoKa angepriesenen Umständen nicht für ihn in Frage.

Die Verhandlung wird fortgesetzt, die Uhr läuft. Schwester Nelli hat schon angefangen, alle Kleinmöbel und Kisten mitsamt stummem Diener so zu stellen, dass es losgehen kann, wenn es soweit ist.

Dass es soweit sein wird, daran hat sie keinen Zweifel. Sie kennt DoKa so viele Jahre und hat Vertrauen in sein Geschick. Das zu Recht.

Um 16.00 Uhr steht das Mobiliar, wie es zunächst stehen soll. DoKa hat die Arzttasche mit Manuskript und „Bajazzo" im Wagen verstaut und wartet, dass Bauer Gose, der sich an der Einfahrt zum Hof der Alten Meierei aufgebaut hat, vom Zubringer der Bei den Tannen Eins-Belegschaft, die Schichtende hat und in den Ort will, abgeholt wird.

DoKa hat sich dafür mit dem Personaldirektor von Bei den Tannen Eins ins Einvernehmen gesetzt. Es kostete einige Überzeugungsarbeit, aber sonst nichts, obwohl es Bedenken gab, weil die Alte Meierei ein verkehrstechnisches Problem darstellt, das an Zubringer die hohe Anforderung stellt, trotz Wendemöglichkeit auf dem Hof, die Bundesstraße noch einmal queren zu müssen, um in den Ort zu kommen.

Das Konzert

1

Zu Hause wird die Butter zerlassen, in der alles so komfortabel liegen könnte, wenn es kein öder Fliegen-Wiederkäuer-Tag wäre, wie DoKa eine Schlechtwetterrunde im Familienkreis zu nennen pflegt. Jede einzelne Fliege der vergangenen Jahre, die bereits ihr Soll an erzeugtem Ärger mehr als erfüllt hat, wird dann zum neuerlichen Anlass.

Meistens trifft es das Familienoberhaupt selbst, das berufsbedingt unfreiwillig, von Zeit zu Zeit allerdings auch berufsbedingt freiwillig als prominentestes Alleinstellungsmerkmal vorweisen kann, dass es just auf der Matte steht, wenn es noch nicht oder nicht mehr erwartet wird.

„Kennt Ihr Max Duos?" versucht sich DoKa als Stimmungstherapeut und kann einen ersten Erfolg für sich verbuchen, der jedoch durch die übertriebene Resonanz auf die raffiniert angelegte

Provokation der Frage nach einer Zelebrität der musikalischen Gegenwart, entwertet wird.

Es klingt durch, dass bisher derart avantgardistische Vorlieben bei ihm nicht aufgefallen sind. Eher kommt er ein wenig spät mit seinem Wissen, lässt Benjamin, sein Jüngster, durchblicken. Er ist inzwischen im fortgeschrittenen Alter einer höheren Vorreifeprüfung angekommen und Max Duos ist ihm nicht nur ein Begriff, er ist eine feste Größe für ihn.

„Er ist mein Patient", trumpft DoKa dennoch mit gekonntem Bluff auf, „aber Ihr wisst ja, ich unterliege der Schweigepflicht."

Kein „Och und „Ach" kann ihn erweichen, mit mehr herauszurücken als er eh nicht weiß. Körpergröße, Gewicht, Vorerkrankungen – tabu, wohl auch nicht von gesteigertem Interesse. Wer ein so umschwärmter Held ist wie Max Duos, kann nicht umschwärmter werden durch eine gemeine Tonsillitis.

„Er spielt heute Abend Mussorgsky", pokert DoKa weiter um die Gunst der guten Stimmung am Tisch. So, wie er die Herzkarten Duos und Mussorgsky hinblättert, sollte man ihm zutrauen, sämtliche Duosse und Mussorgkys rund um anatomische Fragen und ihre physisch-psychischen Ein- wie Auswirkungen bereits beraten zu haben oder in Zukunft zu beraten, wenn es sie je gegeben hätte oder geben würde.

„Sagt Dir ‚Bilder einer Ausstellung' etwas?", meldet sich sein Jüngster in professoraler Verkleidung zu Worte. DoKa wittert, es könnte in Fachsimpelei über Idole und andere Fabelwesen ausufern, was ihm nicht gelegen käme.

Schulisches begleitet seine Frau, sowohl intern als extern. Vor diesem Hintergrund ist eine Podiumsdiskussion mit Überzeugungsarbeit im Familienrund schwierig. Jeder Widerstand droht zum Scharmützel von Wortklaubereien zu werden, in dem viel herunter- und noch mehr heraufgespielt wird.

„Seit wann sagen Dir Bilder einer Ausstellung etwas? Ich wüsste nicht, dass
Du bisher außer für die Produktion von
Selfies und illustrierten Blogs gesteiger-
tes Interesse an Kunst gezeigt hättest"
kontert er. In Deinem Alter habe ich
bereits…

„Papa! Bloß nicht das schon wieder!"

DoKa sieht ein, er begibt sich auf dün-
nes Eis. Seine Familie ist dabei, ihm
über den intellektuellen Bildungskopf zu
wachsen, während er daheim einen
Großteil der Abendstunden als Akten-
Gebirgsjäger im Arbeitszimmer verbringt.

Er merkt, wie wohliges Selbstmitleid
anfängt ihn zu wärmen und wechselt aus
Selbstdisziplinierung die Spur, nicht ohne vorher Blinkzeichen zu geben.

„Ich kann ja nachher erzählen."

„Du gehst hin?"

„Auf jeden Fall. Das Konzert ist in Bei
den Tannen Eins. Als zuständiger Arzt

für die Anlage halte ich das für meine Pflicht."

Benjamin jun. setzt nach: „Du könntest mich mitnehmen."

„Das geht nicht."

„Warum nicht?"

„Ich weiß nicht, wie lange es dauert. Du musst morgen in die Schule."

Schweigen.

„Du kannst mich aber gerne berichtigen, falls ich nicht mehr auf dem Laufenden sein sollte..."

Was Benjamin jun. tut. Er beendet seine Zurückhaltung beim Schulpflicht-Thema mit einem Merksatz besonderer Güte, der DoKas Antwort bereits vorgibt. „Du bist gemein", heißt er.

„Ich möchte das überhört haben."

Schluss der Vorstellung. DoKa zieht

sich zurück. Es ist Zeit, sich zu duschen und umzuziehen.

Im Badezimmer ruft er Schwester Nelli an, nachdem er Türen und Fenster geschlossen hat, um sich in der wohligen Intimatmosphäre der Badezimmeraccessoires in geschmackvollen Farben aller Schattierungen ein und desselben Spektrums Intimkenntnisse über die illustre Persönlichkeit zu verschaffen, deren Begegnung er nun mit wachsender Spannung erwartet.

„Schwester, sagen Sie, hat Duos etwas zu Mussorgsky verlautbaren lassen?"

„Ich wollte Sie gerade anrufen. Alles ist an seinem Platz."

„Davon bin ich überzeugt. Nur eins noch: den stummen Diener bitte dahin, wo er stand."

Für DoKa ist der alte Servierwagen Familienkunde auf vier Rädern und hat somit einen symbolischen Wert von großer Tragweite.

Gerade hat ein fachkundiger Patient ihn wieder gangbar gemacht, nachdem er unter der Last der von DoKa dort abgelegten Fachzeitschriften zusammengebrochen war.

„Wie könnte ich!", mokiert sich Schwester Nelli.

„Das meine ich auch. Ich wollte es nur noch mal gesagt haben, bevor ich es vergesse."

„War das alles?"

„Nein. Nur eins noch…"

Schwester Nelli räuspert sich. DoKa räuspert sich.

„Duos, Max Duos, Sie haben mit ihm gesprochen, nicht wahr?

„Ich bin gerade nicht im Film. Wer ist das?"

„Unser Musiker, Sie wissen schon."

„Oh ja, ich habe ihn am Telefon gesprochen. Sie hatten mich doch angehalten, mich darum zu kümmern. Ein sehr angenehmer Mensch!"

„Hat er etwas zu Mussorgsky gesagt?"

„Nichts, was Sie nicht schon wüssten."

„Ich verstehe nicht ganz."

„Sie haben gesagt, ich soll Herrn Duos informieren, Sie würden ihn gerne in Sachen Mussorgsky sprechen. Genau so habe ich es weitergegeben."

„Kommt er schon zum Essen?"

„Das kann ich nicht sagen."

„Aber nach dem Konzert hat er Zeit?"

„Das nehme ich an. Er hat nichts Gegenteiliges gesagt."

„Gut, dann wird sich alles andere finden. Danke, Schwester. Bis morgen. Gehen Sie jetzt nach Hause."

„Viel Erfolg! Ach Doktor, die Patientenakten für morgen liegen auf der Fensterbank. Ist das recht so?"

DoKa ist gerührt, dass Schwester Nelli

bemüht ist, seine Ordnung nicht ganz durcheinander zu bringen, so dass er trotz der etwas unbefriedigenden Antwort von ihr guter Dinge ist.

„Danke, Schwester."

Er duscht und kleidet sich so sorgfältig an, dass die Familie alarmiert ist. Das Lästern hinter seinem Rücken steigert sich zu der sauber durchformulierten Aufforderung, er könne ruhig häufiger ins Konzert gehen.

DoKa ist drauf und dran, seine Rückverwandlung einzuleiten. Die Vorstellung, eben das könnte sich unter Umständen nachhaltig rufschädigend auswirken, hindert ihn.

Er verschwindet noch einmal auf dem Gäste-WC neben der Eingangstür. Vor dem Spiegeloval arbeitet er mit Akkuratesse nach, was er nicht mehr gewöhnt ist und somit unvorhergesehene Zeit verliert. Die Abfahrt verzögert sich. „Kein Grund zur Besorgnis", wehrt

DoKa souverän die skeptischen Blicke von Frau und Sohn ab.

„Wenn nichts Weiteres dazwischen kommt", weissagt Benjamin jun. vage.

„Das hast Du davon. Warum musst Du immer so knapp kalkulieren?" Auch das noch! Seine Frau hat Recht. Wie jedes Mal. Er hört den Einwand beinahe nicht mehr und doch allzu gut, bevor er die Arzttasche im Kofferraum verstaut und sich selber in den Wagen schwingt.

Der Feierabendverkehr hat eingesetzt. Die bestehende Verspätung wächst sich aus. Nach DoKas Ermessen ist sie kaum noch aufzuholen. Den Besuch des Konzerts versieht er ingrimmig mit einem Fragezeichen.

2

Es kommt anders. Der späte Nachmittag leitet für DoKa einen frühen Abend voller Wunder ein.

Die Falttür zum Esssaal von Unter den Tannen Eins ist einladend weit geöffnet. An den festlich eingedeckten Tischen haben festlich gekleidete alte und weniger alte Herrschaften lückenlos nebeneinander aufgereiht Platz genommen, die sich in einer Stop-and-go-Unterhaltung versuchen. Die Störungen sind bis zum Erscheinen von DoKa primär dem Umstand geschuldet, dass ein Buffet zur Selbstbedienung auffordert, dem beinahe ausnahmslos nachgekommen wird.

Etwas abseits davon, in einer verschwiegenen Ecke, steht ein kleiner Tisch, an dem zwei junge Männer sich gegenüber sitzen und das Essen mit begleitendem Getränk genießen. In dem einen erkennt DoKa seinen Patienten Max Duos, der sich eines guten Appetits zu erfreuen scheint.

DoKa laviert sich mit dicker Arzttasche durch den Saal und schafft es, trotz mehrfacher Kurzkonsultationen Alteingesessener von Unter den Tannen Einsern sein Ziel zu erreichen.

Max Duos, zu DoKas Überraschung keineswegs konzertmäßig gewandet, springt sofort auf, als er seiner ansichtig wird, schüttelt ihm in aller Ausführlichkeit die Hand und erklärt genauso wortreich wie pointiert, dass er sich freut, seinen Arzt wiederzusehen, zumal die Bedingungen sich hier als ungleich günstiger darstellen als in der vergangenen Woche, wo er mit Herrn Dr. Kassenlos wegen seiner Erkrankung kaum ein Wort wechseln konnte.

„Ihnen, lieber Herr Doktor Kassenlos sei Dank, dass ich heute den Termin wahrnehmen kann! Wissen Sie, was das für mich bedeutet?"

„Es ist zumindest vorstellbar. Gehören Sie zu der Spezies, die ohne Musik nicht zu leben vermag?"

„So kann man das sagen. Der da übrigens auch nicht."

Er wechselt auf die Seite des Tisches, wo der andere junge Mann sich inzwischen vom Platz erhoben hat und in vornehmer Zurückhaltung auf den Moment der Bekanntmachung wartet.

„Mein Freund Ron Gavast. Er ist Komponist und Dirigent. Wir arbeiten zusammen. Mal spiele ich und er komponiert dazu, mal ist es umgekehrt. Wir ergänzen uns. Besser kann man es sich nicht wünschen – Doktor Kassenlos, Spezialist für eilige Musiker."

Ron Gavast lächelt dazu und nickt leicht mit dem Kopf, was auf DoKa keineswegs als Ergebenheitsadresse wirkt. Die Begrüßung per Handschlag besiegelt den Eindruck von Ron Gavast als starker Persönlichkeit.

„Sind Sie heute Abend aktiv beteiligt?“, fragt DoKa, um sein Interesse zu bekunden.

„Auf meine Art – ja.“ Ron Gavast lächelt, Max Duos lacht. „Er ist mein guter Stern. Und heute habe ich zwei. Sie, lieber Doktor…“ DoKa fühlt sich fremd. Ihm gefällt das verbale Herumscharwenzeln nicht. Er ist Kantigeres gewohnt.

„Wann belieben die Herren anzufangen?“, weicht er duldsam aus, um die gerade gesammelten Eindrücke abgleichen und verarbeiten zu können.

Max Duos als Patient und Max Duos als Pianist ohne Tonsillitis sind zweierlei. Das Phänomen des Auseinanderdriftens von Darstellung und Wahrnehmung eines Patienten in der Praxis und in dessen eigenem sozialen Umfeld ist DoKa bekannt, macht es für ihn aber nicht weniger schwierig, die Balance dazwischen zu finden.

Er räuspert sich und modifiziert seine

Frage, als er das Befremden darüber sieht: „Sie haben schon fertig gegessen, wie ich sehe. Dann geht es wohl gleich los?!"

Max Duos und Ron Gavast sehen sich an, als wenn sie nicht recht verstehen. Irgendwie fühlen sie sich als Front-schweine wider Willen.

„Wir erlauben uns eine eigene Regie", lässt Ron Gavast kühl wissen. Max Duos ist über DoKas angestrebte Do-minanz leicht verstimmt und versucht, sie auf seine Weise zu heilen.

„Nehmen Sie doch Platz", bietet er DoKa an und meint, die passende Ant-wort gegeben zu haben. „Ich organisiere Ihnen das Buffet hierher. Dazu Weiß oder Rot?"

Etwas überrumpelt ist DoKa schon, aber nicht genug, um seinen eigentlichen Wunsch zu äußern. Wenn ich schon ge-fragt werde – Bier", bekennt er. „Ich habe Durst."

„Das kann vorkommen."

Die Unterhaltung nimmt langsam, aber stetig an Fahrt auf. Erst kommt das Bier, später auch noch etwas zu beißen. Max Duos Organisation funktioniert, ohne dass er oder Ron Gavast sich selber vom Tisch bemühen müssen.

„Wie lange wartet ein Konzert denn so im Allgemeinen auf Sie?" DoKa ist bekannt für seine Hartnäckigkeit.

„Solange, bis wir mit dem Essen fertig sind. Wofür haben wir denn keine feste Uhrzeit für den Beginn angegeben?"

„Das war Absicht? Ich stand unter dem Eindruck eines Versehens." DoKa hat gemerkt, dass sein Widerstand durch geschickte Rhetorik aufgeweicht werden soll und den Ball aufgefangen.

„Aber nein! Das ist Konzertpsychologie. Wir probieren etwas Neues. Hektik ist schädlich. Wir mögen zufriedene Zuhörer."

„Sie haben gute Erfahrung damit?"

„Beste! Manchmal wird so ein Abend länger als geplant, dafür unvergesslich schön."

„Ich bin ganz bei Ihnen, wenn wir das heute hinbekommen."

Die beiden sehen sich an. Max Duos lacht, Ron Gavas lächelt.

„Ich hätte da eine Idee", hilft DoKa nach. „Sie stehen jetzt auf und gehen. Die anderen werden Ihnen folgen. Hinterher treffen wir uns im Vorraum des Konzertsaals und setzten uns dann gemütlich in die Lounge. Sie sind meine Gäste. Und Mussorgsky natürlich auch. Meine Fragen dazu sind ja avisiert."

„Ein Katalog?"

„Ein Manuskript zu ‚Bilder einer Ausstellung'. Wenn Sie jetzt gehen, haben wir dafür nachher mehr Zeit."

Max Duos lacht, Ron Gavast lächelt. Die beiden sehen sich etwas länger an als vorher.

„Vielen Dank! Wir haben hier zwar alles frei, aber Ihr Angebot klingt dennoch uneingeschränkt verlockend. Lassen Sie uns eine Ergänzung zu Ihrer Idee einbringen", ergreift Max Duos das Wort.

„Wie wir beobachten konnten, wird Ihnen auf Schritt und Tritt geradezu ein roter Teppich ausgerollt. Es macht daher Sinn, dass Sie zuerst gehen."

„Na, na…"

„Haben Sie nicht gemerkt, dass einige vorsorglich das Besteck zur Seite gelegt haben und sich gerade machten, weil sie bereit sein wollten, falls Sie zur Begrüßung an den Tisch kommen?"

„Sie übertreiben gewaltig!"

DoKa generiert eine kleine Portion des von ihm gepflegten Images eines Minimalisten und kann sich nicht verkneifen, darauf hinzuweisen, dass er für seine Minutenplanung beinahe berüchtigt ist.

„Sehen Sie!"

Obwohl DoKa leichten Unmut in sich aufsteigen fühlt, muss er zugeben, dass er dem fein geschliffenen Zwei-Wort-Argument nicht viel entgegenzusetzen hat und erhebt sich von seinem Stuhl.

Er schreitet so gemächlich, wie es ihm möglich ist, Richtung Konzertsaal. Ihm zur Seite trippelt eine zierliche, kleine Dame auf erstaunlich hohen Absätzen, deren Gesicht und Gebaren an das einer Marschallin gemahnt.

Es dauert nicht lange und andere folgen ihnen, bis sich schwankende, schiebende Trauben vor der Tür zum Raum sammeln.

DoKa ist während dessen von der selbst ernannten Veranstaltungsleiterin an seiner Seite gedeutet worden, Kurs auf die erste Reihe zu nehmen, wo sie mit dem größten Selbstverständnis den Konzertsessel genau in der Mitte der Reihe anstrebt, der mit einem Zettel belegt ist.

„Trymsow", steht darauf in gut lesbaren Blockbuchstaben, auf die sich die Dame

behutsam und etwas umständlich nie-
derlässt. Sie nickt DoKa freundlich zu
und lädt ihn mit einer Handbewegung
ein, sich linkerhand neben sie zu setzen.

„Frau Trymsow?" Sie nickt. „Kassenlos.
Ich bin der zuständige Arzt für Bei den
Tannen Eins."

„Wie schön! Ich habe Sie bisher noch
nicht bemühen müssen, was Sie mir
nachsehen mögen. Ich hoffe, es bleibt
dabei. Stellen Sie Ihre Tasche nur auf
den Sitz neben sich."

Ein Blick auf ein goldenes Ührchen, ein
Glattstreichen des Rockes, ein leichtes
Kopfwiegen und sonst konzentriertes
Schweigen. Dann: „Das Konzert muss
nun wirklich bald anfangen." Der Ton
ist herrisch.

„Ich fürchte, Sie haben Recht. Wie spät
haben Sie es jetzt?"

Die Dame guckt auf ihr Ührchen, DoKa
gleichzeitig auf seine Uhr, als wenn ein
imaginärer Befehl über sie transportiert
würde.

Im Hintergrund rascheln und knistern Bonbonpapiere, auch scheint hier und da ein drängender Wunsch zu bestehen, noch einmal vor die Tür zu gehen. Eine diesbezügliche Sogwirkung wäre fatal.

„Die beiden werden doch wohl nicht…"

Die beiden sind zuverlässig wie ein Schweizer Uhrwerk. An der Bühnentür trennen sich ihre Wege, eine einstudierte Übung wie es scheint.

Max Duos erweist mit einer gekonnten Verbeugung dem Publikum seine Referenz, Ron Gavast lächelt dazu begleitend und setzt sich in der ersten Reihe auf den ersten Platz links außen, neun unbelegte Plätze von DoKa entfernt, dem Freund am Flügel in direkter Blicklinie verbunden. Er ist weiter die Regie.

Der Pianist in einem gut sitzenden Frack ist das ausführende Organ. Jetzt gerade hebt er die Schöße an und rückt sich auf der Klavierbank zurecht. Er blättert in den Noten, runzelt etwas die Stirn…

Das zuvor hörbare Ausatmen der Anspannung macht einem hörbaren Einatmen mit Erregungsmomenten Platz.
„Stimmt etwas nicht?"

Max Duos versteht diesen Moment bis
zur Zerreißprobe zu steigern. Dann die
ersten Takte, mächtig und wohlgesetzt.

„Mussorgsky". Frau Trymsow meint
leise zu tuscheln, spricht jedoch mit klar
verständlicher Stimme, so dass sie über
viele Stuhlreihen zu hören ist. „Herrlich!
‚Die Promenade'. Ich habe Klavierunterricht gehabt und sie selber gespielt."

Max Duos lächelt den Flügel an. Ron
Gavast lächelt Max Duos an und DoKa
fühlt sich als wäre er neu auf der Erde
und doch uralt.

Er sieht den Text des Manuskripts vor
sich. Mehr noch: er ist selber der Text.
Wort für Wort. Es ist seine Promenade
mit Schwester Nelli morgens, unausgeschlafen, ein wenig ungnädig, mit Bauer
Gose und der ganzen Gose-Sippe, dem
unvergleichlichen Huhn, als es noch

nicht ausgestopft war und den Hähnen in den Bilderrahmen, als sie noch vor Tagesanbruch krähten und vor ihm, DoKa dem Berufenen, noch kein roter Teppich ausgerollt wurde.

Das Manuskript – er kennt es in- und auswendig, obwohl er es nur einmal gelesen hat. Die Alte Meierei und der Hof – könnte das nicht ‚Limoges‘ sein? Der stumme Diener, die schwere Erde, der Wald – sein eigener Lebenslauf in Neufassung mit Vorvorlebensläufen. Er macht ihnen am heutigen Abend seine Aufwartung, ohne ein Versprechen zu geben.

DoKa beugt sich zu Frau Trymsow, so dass er ganz dicht an sie heran kommt und ihr direkt unter die weißen Löckchen flüstern kann. „Bilder einer Ausstellung“. Es ist keine Frage, es ist eine Feststellung, die von Frau Trymsow umgehend lautstark bestätigt wird.

„Ich habe Klavierunterricht gehabt“, untermauert sie ihr Begehren, der gerade zu Gehör gebrachten ‚Promenade‘ mindestens eine weitere folgen zu lassen.

DoKa unterstützt sie mit einem kräftigen „Genau!“ Soviel Impulsivität hat er sich bis zu diesem aufwühlenden Moment gar nicht zugetraut.

Der Regisseur neun Plätze weiter links bedeutet DoKa, dass er, bitte schön, den Mund halten möge. Er hat einen Zeigefinger auf seine Lippen gelegt und zeigt mit dem Kopf auf Max Duos.

Max Duos reagiert darauf mit Heiterkeit und erklärt dem Publikum, dass die soeben gespielte ‚Promenade‘ am Ende des sowieso nicht programmgemäßen Konzerts auf mehrheitlichen Wunsch eine Wiederholung erfahren wird.

Frau Trymsow ist empört. „Dann fehlt immer noch mindestens eine!“ Doch bevor sie weitersprechen kann, hat Max Duos sie mit Hilfe des Klavierpedals laut überspielt, so dass sie sich fortan geschlagen und damit zufrieden gibt, sich ausschließlich den nun folgenden

Bildern zu widmen, die DoKa für sich und anders genießt.

Er enthält sich des Applauses, verabschiedet sich von Frau Trymsow auf Französisch und drängelt sich mit seiner Tasche an Ron Gavast vorbei, indem er „Bis gleich!" zuraunt.

.

Nach dem Konzert

1

DoKa begibt sich unter dem Eindruck der Musikinspiration in die Lounge, breitet sich dort an einem Couchtisch mit plüschigen Sesseln aus und belegt mit seiner Arzttasche sogar das Sofa im Maxiformat. Als Krönung der Behaglichkeit langt er kräftig in die Schale mit Knabbergebäck und wählt hernach in gehobener Stimmung die Nummer seiner Frau, um ihr gute Nachricht zu überbringen.

„Wieso ‚bei Kassenlos'?" DoKa hat Benjamin am Telefon.

„Verwählt hast Du Dich jedenfalls nicht. Willst Du Mama sprechen?"

„Wenn sie gerade in der Nähe ist."

„Ja gleich. Sie steht neben mir."

„Seit wann meldest Du Dich am Telefon Deiner Mutter?"

„Ich helfe ihr in der Küche beim Abendessen. Wie war das Konzert?"

„Erzähle ich später. Ich treffe noch Max Duos mit seinem Freund Ron Gavast. Jetzt gib mir mal Deine Mutter."

„Geil!! Ron Gavast!! Wie kommst Du denn an den?"

„Das erfährst Du noch früh genug. Nun gib schon weiter…"

Das Telefon entfernt sich hörbar, bis DoKas Frau sich meldet:

„Wird es spät?"

„Ich bringe einen Tannenbaum mit."

„Also doch."

„Ich habe die Tanne von einer Patientin geschenkt bekommen."

„Wie alt ist sie?"

„So alt, dass Du sie mögen wirst."

„Da bin ich ja gespannt."

„Mit Wurzelballen."

„Dann warte ich am besten an der Garage. Ruf an, wenn Du losfährst."

„Mach ich. Pass auf Dich auf. Ach, ich sehe gerade, dass… "

„Ebenso. Wen siehst Du gerade?"

„Max Duos und seinen Freund Ron Gavast."

„Ah ja. Alles gut."

„Hat Ihnen die ‚Promenade' gefallen?", hört DoKas Frau eine angenehme Männerstimme.

„Hörst Du?"

„ ‚Alles gut', habe ich gesagt. Viel Spaß!"

Danach gibt sich jeder auf seine Weise schwebendem Schweigen hin, bis das Gespräch als beendet gilt.

„Das war meine Frau", erklärt DoKa etwas hilflos.

„Konnte Sie nicht zum Konzert kommen?" DoKa überhört die Frage von Max Duos, während sich Ron Gavast beeilt, die Peinlichkeit zu überspielen, indem er zur Tagesordnung übergeht:

„Wollen wir uns erst dem Manuskript widmen oder erst bestellen?"

Die beiden beraten sich, indem sie sich in die weichen Polster der Fauteuils zurückziehen und getrennt gemeinsam nachdenken, um dann das Ergebnis bekanntzugeben.

„Erst ordern."

DoKa ruft eine Servicekraft.

„Rot", bestellt Doka. „Noch jemand Rot?"

Max Duos und Ron Gavast lassen wissen, dass sie sich DoKas Wahl anschließen.

„Das Manuskript?" DoKa erlaubt sich ein retardierendes Moment. Das Manuskript ist ihm viel zu lieb geworden, als dass er es wie eine Handelsware auf den Tisch werfen würde.

„Das Manuskript? Ich muss mal sehen…"

Er öffnet seine Arzttasche und operiert den Umschlag unter den Halteriemen heraus, entnimmt ihm das Manuskript und legt es mit der Zeichnung zur Einsichtnahme auf dem Tisch.

„Nun, was sagen Sie?"

„Haben Sie eine bestimmte Erwartung? Sie üben sich ja nach wie vor in Zurückhaltung, uns zu sagen, was dieses Manuskript so besonders macht", wiegelt Ron Gavast ab.

„Mussorgsky ist einer der weltberühmten russischen Komponisten, seine ‚Bilder einer Ausstellung' geradezu Renner. Sie haben es ja selber gehört. Allein ‚Die Promenade'…" Max Duos wiegelt nicht weniger.

Das mit Vorfreude erwartete Beisammensein von Künstlern und berufenem Arzt droht schon jetzt zu kippen, bevor es recht begonnen hat.

DoKa hatte auf „Go" gesetzt. Etwas müsste bewegt werden, wenn schon nicht durch ihn, dann durch andere. Wer könnte es besser als Künstler, die sich mit Mussorgsky beschäftigt haben und es bei jedem Konzert, wenn sie eine Komposition von ihm spielen, erneut tun.

„Darf ich eine Gegenfrage stellen - fällt Ihnen nichts auf?"

„Was soll uns auffallen?"

„ ‚DoKa'." Dr. Kassenlos schweigt beredt und wartet. Wartet vergebens. „Sagt Ihnen das Kürzel nichts?", insistiert er. „Ich helfe Ihnen!" DoKa generiert Quizmaster-Eigenschaften, als ob es um Zuhörer Quoten ginge. „Kennen Sie Mussorgskys umtriebigen ‚DoKa'?"

Blickwechsel zwischen Ron Gavast und Max Duos. Unverständliches Raunen, aus dem ein leises Signal erkennbar ist.

„Sie meinen – ja schon… Ist es Zufall, dass Sie ebenso wie er DoKa genannt werden?"

„Nein, ist es nicht." DoKa ist schmallippig geworden. So, wie er nach seinem Einsatz um eine befriedigende Antwort nunmehr selber befragt wird, fühlt er sich wie in zu dünner Sommerkleidung bei starkem Frost. Entweder er zieht sich dicker an oder es bleibt ihm nichts anderes übrig, als tiefer einzusteigen, um weiter zu kommen.

„Darf ich fragen, ob die Zeichnung und das Manuskript zusammen gehören?" Ron Gavast hat Antennen für das Ungewöhnliche. Spät, fast zu spät hat er sie ausgefahren.

„Das gilt es herauszufinden. Vielleicht schaffen wir es zusammen. Zumindest ist sie Teil der Geschichte. Sie hat damit zu tun, wie ich zu dem Manuskript gekommen bin."

„Sie haben es gar nicht selber geschrieben?"

„Was denken Sie! Ich habe es nicht irgendwo von einem Nachttisch stiebitzt."

Er sammelt sich und setzt nach: „Es ist ein Geschenk an mich. Das ist verbürgt." DoKa ringt mit sich, ob er das Manuskript und die Zeichnung wieder an sich nimmt und mit den beiden noch einen feucht-fröhlichen, jedoch in der Sache unverbindlichen Abend verbringt. Eine Vorstellung, die er sofort in den Bereich des Unmöglichen verweist.

Seit er sich dem Manuskript gewidmet und die Zeichnung vom „Bajazzo" gesehen hat, spätestens seit er im Konzert war und die Musik dazu gehört hat, geht das nicht mehr. Er spürt genau, es ist ein Wendepunkt und riskiert eine emotionale Offensive, die ihn an seine eigenen Grenzen stoßen lässt.

„Ich gestehe zu meiner Schande, dass ich das Manuskript zum ersten Mal vor ein paar Stunden vollständig gelesen habe, obwohl es schon viele Jahre her ist, dass es mir von der Verfasserin überreicht wurde." Er lehnt sich erschöpft in seinem Sessel zurück und schlägt die Beine übereinander.

„Hatte das einen – sagen wir mal - triftigen Grund, den wir wissen dürfen?"

„Ich hatte eine große Abneigung, mich damit zu befassen. Es ist eng mit der Geschichte meiner weit verzweigten Familie verbunden." So wie DoKa sich jetzt zeigt, bezeugt seine Körperhaltung verhaltene Distanz zu dem, was ihn bewegt.

„Es geht um Macht, Weltbeweger und Weltläufige, die Schönen und die Reichen, hochklassige Kurzweil und Langzeit-Mätressen, Verrat, Intrigen, um Aufstieg und Niedergang, um Glück und kaum zu fassendes Leid. Fehlt noch was?"

„ ‚Bydlo', ‚Die Katakomben'?"

„Es ist ein Drama, wie das Leben es manchmal schreibt. Ohne Blenden, Schnitte und andere Kunstgriffe, um es erträglicher zu machen. Kurzum, es ist der Stoff, aus dem Cinemascope-Filme mit opportuner Kleb- und Knetmasse gemacht werden.

„Mussorgskys große Zarenopern!"

„Wenn Sie so wollen..."

„Bilder einer Ausstellung — ein Leben für den Zaren, der russische Weg usw."

Max Duos und Ron Gavast beginnen in einem lebhaften Austausch von Wissen und Interpretationen, die Charaktere bei Mussorgsky auszuleuchten, sie mit anderen Protagonisten der europäischen Kultur abzugleichen und sie in die Kurzbeschreibung DoKas von seiner Familie einzufügen.

DoKa folgt den beiden so gut er kann, was ihm zu seiner eigenen Überraschung einigermaßen gelingt, wenn er sich ausmalt, was das „usw." bedeuten kann.

„Mussorgsky selber war kein Stadtmensch, müssen Sie wissen. Er kam aus der Provinz."

Wie Pianist und Komponist mit Verve versuchen, das Projekt zum Klingen zu bringen, imponiert DoKa zwar, dennoch ist ihm der Elan, mit dem sich die beiden völlig ohne Konzept in das Geschehen stürzen, nicht ganz geheuer.

„Die Verfasserin kennt sich vermutlich gut aus", versucht er die Mussorgsky-Kenner näher an den Verlauf der Geschichte und seine Hintergründe heranzuführen. „Sie ist eine Enkelin, was ich erst später erfuhr."

Ron Gavast und Max Deos beugen sich fasziniert vor.

„Und?"

Die Servicekraft hat einen Riecher für Dramaturgie. Sie kommt und fragt gerade jetzt nach weiteren Getränkewünschen. DoKa kennt das Ritual und winkt ab.

„DoKa, der Wanderer, von dem im Manuskript die Rede ist, war mein Großvater. Derselbe Vorname wie meiner, derselbe Familienname", nimmt er den Gesprächsfaden wieder auf.

„Er war Landarzt wie ich und wie damals üblich, zusätzlich Privatgelehrter. Sein Schwerpunkt war Naturheilkunde."

„War ein Bajazzo in Ihrer Familie?"

„Sind wir das nicht alle?", weicht er aus. „Wenn Sie allerdings auf die Verfasserin des Manuskripts anspielen – ich kenne sie nicht näher, aber sie kam nie in die Sprechstunde ohne eine veritable Ausstattung an Taschentüchern."

„Und?"

„Sie hat einige Zeit hier am Ort gelebt. Ich habe sie aus den Augen verloren. Sie wäre allerdings die erste Adresse für Sie beide", DoKa beugt sich vor und nickt erst dem einen und dann dem andern mit dem Kopf aufmunternd zu, „wenn Sie zusätzliche Fragen für weiterführende Gedanken haben."

„Würden Sie uns helfen?"

„Wie habe ich das zu verstehen?"

„Würden Sie uns helfen, den Aufenthaltsort der Dame zu ermitteln?"

„Ich muss über die verwandtschaftliche Kartographie nachdenken."

„Wollen wir nicht erst mal auf unsere gemeinsame Entdeckung anstoßen?"

Ron Gavast übernimmt die Gastgeber-
rolle. DoKa lässt ihn gerne gewähren,
um nach dem ersten Schluck sofort wieder das Ruder zu übernehmen.

„Wir hatten das heutige Programm übrigens für Sie geändert, um Sie und uns
einzustimmen."

„Nicht Mussorgsky?"

„Nicht direkt."

„Und indirekt?"

„Lassen Sie nur", lenkt Ron Gavast ein,
der Ungemach wittert. „Wir nehmen
uns immer das Recht der Wahl. Etwas
mehr Wien wäre sonst geeignet gewesen. Heute haben wir Foxtrott mit Trot-
tox gegeben — mit Bedacht das Programm geändert, aber nicht auf der Stelle gestanden."

„Ich verstehe!"

„Gibt es eigentlich eine Liebesgeschich-
te?"

„Und was für eine! Sie steht sogar im
Mittelpunkt und enthält alle Zutaten, die

man vorher nie erdenken kann. Meine Großmutter."

„Das hätten Sie uns doch erzählen müssen!"

„Ich sage es doch jetzt!"

„War sie attraktiv – Ihre Großmutter?"

„Ich habe Bilder von ihr gesehen – eine aparte Schönheit, lebenslustig und sehr reich. Eine Traumpartie. Dazu eine, die nicht so ohne weiteres zu haben war."

„Und?"

„Wie würden Sie es in Ihrem Alter anstellen, wenn Sie um jemanden werben müssten?"

Kaum ist es raus, hört DoKa wieder seinen Benjamin jun.: „Papa, bloß nicht das schon wieder…Warum hast Du sie nicht mit nach Hause gebracht?"

www.ingramcontent.com/pod-product-compliance
Lightning Source LLC
Chambersburg PA
CBHW032000010726
47493CB00007B/2270